長編官能小説 —

湯けむり商店街

美野 晶

竹書房ラブロマン文庫

目次

この作品は、竹書房ラブロマン文庫のために
書き下ろされたものです。

第一章　幼馴染と自宅ソープ

畳敷《たたみじ》きの古い二階の和室に敷《し》かれた布団一組を、これまた年季が入った電灯が弱い光で照らしている。

「んんん、んく、んんん、あふん、ああ……いつも大きいね、お口の中いっぱい」

その白いシーツの布団のうえに膝立ちの勇也《ゆうや》の股間に、透き通るような白い肌をした美熟女《びじゆくじよ》が四つん這いで顔を埋めている。

厚めの色っぽい唇で亀頭にキスの雨を降らし、時折、ピンクの舌を絡《から》めてくる。大きな二重《ふたえ》の瞳で勇也を見あげながら切ない息をもらしている。

「だって真梨乃《まりの》さんの舐《な》めかたがエッチだから、くっ」

今年で三十二歳になるはずの真梨乃は、身体全体がムチムチとしていて、四つん這いでうしろに突き出されたヒップは九十センチもある。

上半身の下で揺れる巨乳もGカップもあり、女の色香を凝縮したようなボディを誇っていた。

「そうかな、普通だよ。でも勇也だからエッチになっちゃうのかもね」

少しいたずらっぽい笑みを浮かべた真梨乃は、片手で玉袋を揉《も》みながら、亀頭の裏を舐めてきた。

「あっ、あうっ、真梨乃さん、くう、それだめ、ううっ、うくう」

勇也の肉棒はかなり大きいほうで、かつて付き合った恋人たちにも驚かれたりしたが、真梨乃はさすが熟女というか怯《ひる》む様子もなく熱い奉仕をしてくる。

「うふふ、昔と同じで可愛い。でもここは凶暴だけどね、んんん」

真梨乃は快感に顔を歪《ゆが》める勇也を見て微笑《ほほえ》んだあと唇を亀頭の先端に押しあてた。

二人は地方の湖の近くにある街の商店街に生まれ育った幼馴染みだ。商店街といっても最盛期で店舗の数が二十くらいの小規模なものなので、そこの子供たちは皆姉弟のようにして育った。

「んん、んく、んんんんん、んん」

真梨乃は厚めの色っぽい唇を大きく開くと、巨大な亀頭部を飲み込んで頭を動かしてしゃぶりだした。

口腔内の粘膜が男の敏感なエラや裏筋に擦《こす》れて、頭の先まで快感が突き抜ける。

「ああ、真梨乃さん、くう、うくうう、ううう」

膝立ちの身体をくねらせる勇也は、真梨乃の白く艶《つや》やかな肩を軽く摑《つか》んで、こもった声をあげた。

真梨乃と勇也は夫婦でも恋人同士でもない。月に数回、勇也の死んだ母親が遺《のこ》した雑貨店の二階にある住居部分で、互いを求めあうだけの関係だ。店のほうはすでに閉店していて、いまは一階を倉庫として使っている。

五歳年上で、高校生のころは隣の市からも交際の申し込みに男がやって来ていたほどの美女に甘い奉仕を受け、そして自分の肉欲を暴発させていた。

「んんん、あふ、んんんん……ぷはっ、どうしたの？　変な顔して」

彼女の染みひとつない白い背中を見下ろして、二人の関係はなんなのだろうと考えていると、真梨乃が肉棒を吐き出して見つめてきた。

子供のころから二人は一人っ子同士で仲がよく、まさに姉と弟のような関係だった。

「いや……今日はどんな風に真梨乃さんを感じさせようかなって考えてたんだよ」

複雑な思いを抱えていたことを悟られまいと、勇也は悪そうな顔で笑って、四つん這いの真梨乃の身体を引き起こした。

そしてそのまま彼女の両脚を摑んで持ちあげ、布団のうえに白い身体をひっくり返した。

「きゃあっ、私はいいよ、あっ、だめだって、恥ずかしいこんなの」

勇也の自宅は同じ商店街の中にある、母が亡くなる一年前に死去した父親がやっていた眼鏡店の二階部分だ。今ふたりが抱きあっている場所は、母が半分趣味で経営していた雑貨店の二階で、生活しているわけではない。特になにもない部屋だ。

そこを逢い引き部屋として使っている。布団のうえに転がった勢いで大股開きになった真梨乃の声が古い和室にこだました。

「真梨乃さんも気持ちよくならなきゃ意味ないでしょ」

むっちりとした白い太腿《ふともも》、その中心に漆黒の陰毛とピンク色をした女の裂け目が見えた。

すでにうっすら口を開いて肉厚の媚肉《びにく》を覗《のぞ》かせるそこに、勇也は顔を埋めていった。

「あっ、いやあん、ああっ、はあん」

小さめの肉ビラを指で開き、可愛らしいピンクの突起を剥《む》き出しにした勇也は、それを舌で転がしていく。

恥ずかしがりながらも真梨乃は肉感的な身体を跳ねあげ、敏感な反応を見せる。

「ああん、やだ、エッチな声が、ああっ、止まらない」

真梨乃の家はこの商店街にあるお好み焼きやソフトクリームなどを売っているテイクアウトのお店だ。

母親はすでに死去していて、父親と二人で切り盛りするお店でいつもムチムチのヒップをジーンズに包み、明るい笑顔をふりまく、商店街のヒロインのような存在だ。

「ああ、はあああん、だめ、ああっ、あああぁ」

クリトリスをさらに強く舐め続けると、真梨乃は白い太腿をヒクつかせて感じまくっている。

昼間の彼女の爽やかな笑顔と、いまの瞳を潤《うる》ませて唇を半開きにした喘《あえ》ぎ顔とのギャップがたまらない。

「すごく濡れてきたよ真梨乃さん」

性格も真面目な真梨乃だが、肉体のほうはもう充分に熟していて、若い女にはない淫《みだ》らな反応を見せる。

真梨乃も勇也も付き合っているわけではないし、互いにパートナーがいるわけではない。これだけ身体も心も相性がいいのに、二人がくっつかないのは理由があった。

「あああっ、勇也、あああん、そこばかり、ああっ、いやっ、もう欲しいの」

クリトリスばかり責められ続ける真梨乃が、仰向《あおむ》けの身体を切なそうにくねらせ、巨乳をフルフルと波打たせて訴えてきた。

もう膣口から溢《あふ》れた愛液はアナルまで濡らしていて、中が疼《うず》いてたまらないのだろうか。

「うん、いくよ、真梨乃さん」

いまはよけいなことは考えず、真梨乃を感じさせるのに集中しようと勇也は身体を起こして彼女の白い脚を持ちあげ、肉棒を膣口に押しあてた。

「うん、あっ、あああ、硬《かた》い、あっ、はうん」

かなり大きめの勇也の亀頭が、濡れた膣口を拡張しながら侵入している。

ただこんな関係ももうかなり長いので、真梨乃はすぐに快感の声をあげて仰向けのグラマラスな身体をのけぞらせている。

「ああああっ、もう奥に、はあああん、ああっ、すごいわ、あああ」

すでにドロドロの状態の媚肉を引き裂き膣の奥に達する。真梨乃は白い歯を見せて古い和室に艶のある声をこだまさせる。

ただ勇也の逸物はこれで終わりではない。

「まだまだいくよ、真梨乃さん」

「あっ、勇也、あああ、あああっ、奥、はっ、あああん」

長大な怒張は彼女の子宮口を先端で捉えると、さらに奥に押し込む。

それをすべて真正面から受けとめた美熟女は、布団を摑んで白い乳房を波打たせた。

「もっと感じてよ、真梨乃さん」

その揺れる巨乳に手を伸ばして揉みしだきながら、勇也は腰を大きく使って彼女の最奥に怒張をピストンさせた。

「あああっ、そこ、ああああん、すごい、あああん、ああっ、はうん」

もう彼女の感じるポイントは理解しているので、膣奥の子宮口に向けて亀頭を何度も打ち込む。

そのたびに美熟女は整った顔を崩し、白い肌をピンクに染めて快感に沈んでいった。

「ここもしてあげるよ真梨乃さん」

もう真梨乃の弱いところ、感じる場所をかなり把握《はあく》している勇也は、彼女の濃いめの陰毛のうえ辺り、少し脂肪がのった下腹部を手のひらで押しながらピストンした。

「あああっ、それだめえ、あああっ、はううん、あああ」

うえから子宮を押さえつけながら、膣内から怒張を突きたてる。すると彼女は白い歯を食いしばり、頭を支点にしてブリッジをするように上体をのけぞらせた。

「子宮がたまらないんだね、真梨乃さん」

勇也とセックスをするようになって、真梨乃は子宮で感じることを覚えたそうだ。巨根が深くにまで入り込み、硬い亀頭部が子宮を揺らすたびに激しい快感が湧きあがるのだと恥ずかしそうに話してくれた。

彼女の乱れっぷりがあまりに激しいので、しつこく聞いてようやく教えてくれたのだが、幼馴染みの美しいお姉さんを新しい快感に目覚めさせたと知ると、牡《おす》の征服感が刺激される。

「あああ、そんなに揺らさないで、あああっ、ああああん、だめえ、ああ」

調べてみるとポルチオ性感というらしいが、こうすると真梨乃はまさに牝《めす》のケダモノとなってよがり狂う。

勇也は興奮に身を燃やしながら、彼女の下腹を押し肉棒を激しくピストンさせた。

「あああっ、こんなの、あああああ、あああ、おかしくなるわ、はああん」

こうなると真梨乃ももう止まらない、揺れる乳房に汗を浮かべ時折切なそうな目で勇也を見つめながらただひたすらに泣き、両脚を勇也の腰に絡みつけてきた。

「体勢を変えるよ」

乱れ狂う彼女にさらに勇也も燃えあがり、なんと挿入したままその白い身体を持ちあげた。

「ああぁっ、こんなの、ああっ、勇也、だめええ、あああ」

肉棒はしっかりと挿入したまま、真梨乃の身体ごと勇也は布団のうえで立ちあがる。

そしてそのまま前に進み、彼女を壁に押しやる。家具もなにも置かれていない古い壁に真梨乃は背中を押しつける。

「このまま突くよ、真梨乃さん」

さらに勇也は真梨乃の左脚の膝裏を持って担《かつ》ぎ、片脚立ちで開脚し剝き出しになった真梨乃の濡れた股間に挿入された怒張を突きあげた。

「はっ、はううん、こんな格好、あああっ、だめ、あああん、ああ」

背中を壁に預けてむっちりとした太腿を真横にまで持ちあげた真梨乃は、悩ましげに肉付きのいい腰をくねらせて喘ぐ。

立位でするのは初めてだが、ここもさすが熟女というか、見事に反応している。

「すごくエッチな顔になってきたよ、真梨乃さん」

彼女の下腹部に自分の腰を押しあてるようにしながら、勇也はリズムよく怒張をピストンさせた。

血管が浮かんだ肉竿が濡れた膣口を出入りし、ヨダレのように愛液が垂《た》れている。

「あああっ、はああああん、私、あああああっ、だめ、ああ、お腹に響く」

そこまでは意図していたわけではないが、二人の下腹部同士が重なった状態となり、彼女の子宮に圧力がかかっている。

押しつぶされた子宮に強く怒張が食い込み、真梨乃は大きく唇を割って喘ぎ、目の前の勇也の肩にしがみついてきた。

「真梨乃さんのオマ×コの奥、どんどん食い絞《し》めてきてるよ、ううっ」

濡れ蕩《とろ》けた媚肉が勇也の亀頭部に絡みつく動きを見せる。彼女の膣は感極まるときに締めつけが強くなり、それがまたたまらなかった。

「ああああっ、だって、あああん、私、あああっ、もうイッちゃう」

それを合図に真梨乃は一気に頂点に向かっていく。壁に押しつけた背中を何度ものけぞらせながら、大きく唇を割り開いた。

「まだイッちゃだめだよ」

どんどん狭くなっていく媚肉に身を任せたい欲望を堪《こら》え、勇也は怒張のピストンを止めた。

そして膣の中ほどまで亀頭をさげて、ゆっくり腰を回した。

「あああっ、なんで……ああん、勇也の意地悪」

まさに頂点にのぼりつめる寸前だった真梨乃は、潤んだ瞳を切なそうにして目の前に立つ勇也にしがみついてきた。

「だって真梨乃さんは、一回我慢したほうがもっと気持ちよくなるから」

これも真梨乃とのセックスの回数を重ねる中で発見したことだが、彼女はいったん寸止めしてから、再度怒張で突かれたほうが激しく感じまくる。

そのときは媚肉の締めつけもさらに強くなって、勇也にも極上の快美感を与えてくれるのだ。

「ああ……私、勇也に全部見つけられてる……恥ずかしいわ」

勇也の肩を摑んだまま、半開きの唇からはあはあと湿った息を吐く真梨乃が微笑みを見せながら言った。

一度止めたほうが気持ちよくなるというのは、彼女も認めていて、子宮性感も寸止めの良さも勇也との関係で知ったと言っていた。

「俺は真梨乃さんが気持ちよくなってくれるのが嬉しくて、がんばってるだけだよ」

これは本音で、小さいころからなにかとお世話をやいてくれるしっかり者のお姉さんの真梨乃を、自分の肉棒で狂わせていると思うと、なんとも興奮する。

もともとこういう関係になったのも、両親を続けて亡くした勇也を真梨乃が心配し、ご飯を持ってきたりしてくれる中で流されるようにしてしまったからだ。

その後もいつもは変わらない優しい姉のような彼女が、この部屋にいるときだけは淫らに燃えあがるのがたまらなかった。

「もう、ばか……恥ずかしいんだよ」

彼女は逆にそんな自分を強く恥じらっていて、それもまた男の情欲をかきたてる。

勇也は壁に持たれて立つ彼女のよく引き締まった腰を抱き寄せると、まだ湿った息が漏《も》れている唇を塞《ふさ》いだ。

「あん……んんん……んく」

そのまま唾液《だえき》の音がするくらいに激しく舌を絡ませると、真梨乃の身体から力が抜けていく。

勇也はその瞬間を見逃さずに強く怒張を突きあげた。

「んんん、んんん、んく、はっ、はあああん、いまだめ、あああ」

脱力していた身体を強い快感が突き抜けたのか、真梨乃は目を泳がせながら壁にもたれた身体を震わせた。

もちろん勇也は休まずに怒張を立位のまま激しくピストンさせた。

「ああっ、こんなの、ああっ、私、あああ、すごすぎる、ああ、ああ」

勇也に持ちあげられた左脚の内腿をヒクヒクと引き攣《つ》らせ、真梨乃はもうただひたすらに喘いでいる。

強い突きあげの勢いのままにGカップの巨乳が大きくバウンドし、野太い肉茎を飲み込んでいるピンクの秘裂から愛液の音が響いた。

「ああぁっ、恥ずかしいよう、ああぁん、ああ、でも、ああ、いい、あああん」

色素が薄い乳首も尖りきり、ピンクに染まった白い肌には汗が流れ落ちる。

身も心も燃やしている様子の真梨乃は、大きな瞳を潤ませ、なにもない部屋に艶やかなよがり声を響かせた。

「こんどは止めないよ、おおおおお」

奥の媚肉がまたギュッと狭くなった。これは彼女が再び絶頂に向かう合図だ。

二度目は休まずに怒張を激しく突き、目の前で乳房とともに踊る巨乳の先端に勇也はしゃぶりついた。

「あああぁっ、ひうっ、ああああぁ、イク、イク、あああ、イッちゃう」

片脚立ちの身体をよじらせながら、真梨乃は唇を割り開いて限界を叫んだ。

白い歯の奥にピンクの舌を覗かせながら、虚《うつ》ろな瞳は天井を向いていた。

「イクうううううっ！」

最後の絶叫とともに巨乳が波打つほど全身の肌を震わせて、真梨乃は女の極みにのぼりつめる。

焦《じ》らされたあとの真梨乃の肉体の反応は凄まじいと思うほどで、まさに悦楽《えつらく》に溺れきった淫女だ。

「ううっ、俺もイクよ」

彼女の絶頂と同時にグイグイと絞めてきた媚肉に屈し、勇也も射精の態勢に入る。

いつもセックスをするとき真梨乃は避妊薬を飲んでいて、勇也の精を胎内で受けとめてくれていた。

「出る、くううう」

乳首から口を離し、右手で彼女の豊かなヒップに手を回して掴みながら勇也は熱い精を放った。

柔らかく締めあげてくる媚肉に身を任せるままに、怒張を脈打たせる。

「あああん、ああ、来てる、あああ、出して、ああぁん、たくさん、はあん」

グラマラスな身体を引き攣らせながら、真梨乃はすべてを受け止めている。

精液が膣奥にぶつかるたびに、鼻から甘い息を漏らす姿がまた色っぽい。

「真梨乃さん、うう、すごくいいよ」

そんな彼女にさらに興奮しながら、勇也は射精に脈打つ怒張を真上に向かって突きあげる。

「あああん、イッてるのに、あああん、突いちゃだめ、はああん、あああ」

それを真正面から受けとめた美熟女は、悩ましげに巨尻をよじらせて淫らに叫び続けるのだった。


「もうやだ……すごく声出ちゃった……まさか向こうにまで聞こえてないよね」

行為のあとしばらくはぐったりとしていた真梨乃だったが、落ち着いてくると恥ずかしそうにしながら窓のほうを見た。

射精を終えて萎《な》えた肉棒をブラブラさせながら、勇也は窓の前に四つん這いになると少しだけ開けて外を見た。

流れ込んでくる冬の冷たい風が火照《ほて》った頬《ほお》に当たって気持ちいい。

「えーと、どこも窓は閉じたままだから大丈夫じゃないかな」

この建物の裏は駐車場二台ぶんくらいの空き地になっている。その周りをぐるりと家が取り囲み中庭のような形になっていた。

母はその空き地も店舗とともに購入していて、いまは勇也の持ち物だ。

売却も考えたが、寂《さび》れた商店街の店舗などいまどき売り物にならないし、猫の額のような土地もそれを囲む家々の風通しの問題もあり、結局は放置したままたまに草むしりをする程度だった。

「そう？　ならよかった……ふふ」

土地を囲む家の窓から誰も顔を出していないことを確認し、勇也がサッシを閉めると裸のままの真梨乃が背中に覆《おお》いかぶさってきた。

「うふふ、勇也の背中暖かい」

Gカップの巨乳を四つん這いの勇也の背に押しつけるようにして身体を重ねながら、真梨乃は幸せそうに笑った。

商店街の人々には二人がこんな関係だというのは秘密だ。知られたら、結婚だなんだと騒がれることになるのはわかっているからだ。

「真梨乃さん……俺……」

勇也は甘える子供のような態度を見せる真梨乃を四つん這いのまま支えながら、彼女の手をそっと握った。

「いいのよ私はこのままで。勇也に好きな人が出来たら、やめればいいんだから」

肉体だけの関係でいいとは思っていないし、元より美人で気だてもいい真梨乃は勇也にはもったいないような人だ。

正式に付き合いたいという思いもあるが、いつも彼女はこう言ってやんわりと断ってくる。

『勇也の負担にはなりたくないの』

大学卒業後、勇也は地元の企業に就職した。中企業という程度の大きさの会社だが、東京や大阪には支社もあり、一度はどこかに転勤となる。

そのまま戻らない場合や数年で帰ってくる人など様々だが、真梨乃は父親と二人で店を切り盛りしているから、勇也と結婚しても転勤についていけない。

だから、いまこのときだけの関係でいたほうがいいと真梨乃は言うのだが、ほんとうにそれでいいのかと勇也はいつも自問していた。

「勇也、ね、キスして」

複雑な表情を見せる勇也に真梨乃がうえから唇を寄せてきた。勇也はそれに応えて顔をうしろに向けて受け入れた。

「んん、ん……」

行為の最中とは違いゆっくりと舌を絡ませ、お互いの唾液を絡ませていく。

彼女の優しさが染みるぶん、なんだか心が痛かった。

「んんん……ん……うわっ」

変な体勢のまま深いキスを交わしていたとき、窓の外でドンという重たい音がした。

地響きのような感じで建物にも振動が伝わった。

「やだ、地震？」

慌てて唇を離し真梨乃は勇也の背中から飛び降りた。

「違うと思う。向こうにさがって服を着て、真梨乃さん」

この音を聞くのは勇也は一度目ではなかった。真梨乃を部屋の反対側にある階段のところまでさがらせて、勇也は急いで服を着て窓を開いた。

「こっちにいたのか、いまの聞こえたか？　勇ちゃん」

窓を開けると、裏の土地を囲んでいる家の一軒から、ひとつ年上の幼馴染みの男性が顔を出していた。

「うん、最近、多いの？」

勇也が住んでいるほう、元眼鏡屋の自宅からは聞こえないが、この裏の土地からたまに音が響くらしい。

最近はそれが強くなっていて、二度三度と続くこともあり皆不気味がっていた。

「ああ、夕べは二回くらいかな。ドンと響いたよ」

勇也とは違い幼馴染みは目の前の家で暮らしているので、空き地からの音もすべて聞こえている。

日に二回、さらに今夜もとなると、これはもう無視できない問題だ。この土地の地権者は勇也だから対応もしないとならない。

「なんだろう、おばさんたちが言ってるように、霊かなにかの仕業《しわざ》かな。夜しか音がしないっていうし」

階段のほうで服を着た真梨乃が、顔だけをこちらに出して言った。

この地響きのことは、もちろんだが商店街の人々の間でも話題になっている。

年輩の人々はこの理解出来ない現象を霊の仕業とか、近くにある湖に大昔にいたという伝説が残る龍が蘇《よみがえ》っているとか、そんなことを言い出す者までいた。

「脅かさないでよ……でも確かにこのまま放置も」

心霊の類いは子供のころから苦手で、遊園地のお化け屋敷すら入れない勇也は背筋が寒くなるが、持ち主としてなんとか対応しないといけないと考え込んだ。

なんとかといっても方法が思いつかない勇也は、商店街の理事会に相談した。

あの夜のあとも音は数日おきだが続いていて、もう皆かなり不気味に思っていたからだ。

「湖の向こうのY町のお寺の住職が、霊を払ったりもしているらしいから相談してみるか」

商店街で金物店を営む会長がそう言った。会長はこの地に長く続いている家の人で地元の情報には詳しい。

商店街の近くに土地をかなり持っているらしいが、こんな寂れた湖畔ではほとんど値打ちもないとよくぼやいていた。

「お願いします」

会長の愚痴には閉口していた勇也だが、こういうときは頼りになると頭をさげてお願いした。

「ここですか……」

かくして日曜の午後。依頼を受けた住職が袈裟姿《けさすがた》で現れた。

けっこう高齢なのか顔のしわが深い住職はじっと黙って、雑草が少し伸びている車が二台横並びに出来るくらいの広さの空き地を見渡した。

そのうしろに勇也や会長や理事、興味本位もあるのか真梨乃を含《ふく》めた商店街の人々もずらりと集合していた。

「見た感じは、なにもないですがな」

粗塩《あらじお》を空き地にまきながら住職がぼそりと言った。ただ表情が険しいままなので、うしろにいる人々は緊張したままだ。

「ではまずは読経を」

数珠《じゅず》を取り出した住職は、空き地に立ったままお経を読み始めた。建物に囲まれた中庭のような狭い土地に低い声が響き渡る。

それとほぼ同時に地面からドンドンと二度、大きな音が響いた。

「きゃっ、いやっ」

振動が靴の裏から伝わってきた。読経と同時に音がしたので、真梨乃が恐怖に顔を引き攣らせて隣に立つ勇也の腕をギュッと摑んできた。

「むっ、この音ですかな」

「はい、そうです」

あまり勇也にくっついたら秘密の関係がバレてしまうという考えがよぎるが、読経を止めた住職がこちらを振り返ったので、慌てて答えを返した。

「なるほど」

住職は頷《うなず》いたあと、その場にしゃがみ込んで、雑草が生えていない部分の地面に手をあてた。

「これは……」

なにかに気がついたように住職が顔をあげ、うしろに並んだ十数人の人々に緊張が走った。

「住職、なにかありましたか……」

皆が黙り込む中、会長が振り絞《しぼ》るような声で住職の背中に言った。

「これは調査が必要ですな」

「で、ではやっぱり霊かなにかが」

こちらを振り返った住職に、会長がびびりながら聞いた。

「いや、普通の地質調査をしてください。なにか地下からあがってきていると思います、地熱も強いですね」

怯んでいる商店街の面々に向かって、住職は少し笑顔を見せて言った。

「へっ？　調査」

会長も勇也もわけがわからずただぽかんと、住職とうしろに広がる日曜の午前の陽射しに照らされた雑草まみれの狭い土地を見つめた。

「すいません、ソフトクリーム二つ」

「こっちは三つお願いしまーす」

地面からの音に恐怖していたころから約一年が経過し、勇也は二十八歳になった。日曜の午後、三十三歳になった真梨乃とその父が経営するお店の前には人だかりが出来ていた。

「はい、二つのお客様お待たせしました」

会社が休みの勇也も彼女のお店を手伝っていた。この一年で二人を取り巻く環境は大きく変化していた。

「あー、温まったあとのソフトクリームは美味しい」

もう雪が降ってもおかしくない季節だというのに、お客たちが美味しそうにソフトクリームを舐めているのは、温泉に浸《つ》かってあがってきたばかりだからだ。

あの猫の額のような狭い土地の地質調査を行った結果、地面の数メートル下まで温泉が来ているというのがわかった。

『こりゃあチャンスだぞ、勇也くん』

湖の近くの一帯には温泉地は存在しない。車で一時間ほど走った山あいにまで行かなければならない。

そこにまさに降って湧いたような温泉の発見に、寂れた商店街は大騒ぎになった。

土地の古参の家である会長は様々な人脈を使って、スーパー銭湯などを経営する会社を誘致し、商店街の入口のすぐ近くに大型の温泉施設が作られた。

さらには市に協力を仰《あお》いで湖畔にジョギングコースや公園を整備させ、商店街の中には足湯を作った。

日曜にもなると温泉に浸かりに来る湖の周りに住む人々や、遠方からは釣りやジョギングをして一風呂浴びる客たちが大勢やってきた。

「あー足湯気持ちよかったね。おじさん、ラムネちょうだい」

当然だが商店街も恩恵を受けていて、温泉や足湯帰りの人々が冷たいものや軽食を購入しにやってくるようになった。

真梨乃の店の隣は乾物屋だが、日曜だけは店前に冷蔵庫を置いてジュースやソフトクリームなどを販売している。

「ごめんね勇也、せっかくのお休みなのに」

たいしたことは出来ないが学生のときは飲食店でアルバイトをしていたので、勇也は休日は、いつも真梨乃のお店を手伝っていた。

とは言っても忙しくなる時間だけだが、ソフトクリームの前でコーンを手にした真梨乃が申しわけなさそうに言った。

「いいよ、どうせ家にいてもゴロゴロしてるだけだし」

今日に至っても勇也に恋人はおらず、真梨乃との奇妙な関係も続いている。

冬でも焼きそばやお好み焼きを扱《あつか》う鉄板の前に立つので、ブラウスとジーンズにエプロンをしただけの服装の真梨乃は今日も美しい。

エプロンを大きく歪めているGカップのバスト、ジーンズの厚い生地がはち切れそうな豊満なヒップ。その肉体は最近、さらにグラマラスになったように見えた。

「どうしたの？」

「いや、なんでもないよ、ソフトクリームあと三つ追加で」

いまはそんなことを考えている暇はない。ソフトクリームの機械は休日はフル稼働で、ときには冷やして固まるのが追いつかなくなるくらいだ。

「おう繁盛してるなあ、今日もいいお尻だねえ真梨乃ちゃん」

大忙しで動き回っていると、お店の裏口のほうからこの中町商店街の会長である杉《すぎ》浦将一《うらしょういち》が現れた。

温泉に関して市と交渉したり温浴施設の企業を誘致したりと、いろいろと尽くしてくれた老人だが、とにかくスケベだ。

この忙しいときに現れて、真梨乃のジーンズを引き裂きそうなお尻をまじまじと眺めては、セクハラまがいのセリフを口にしている。

「はい、ソフトクリーム三つ」

さすがに店前のお客さんに聞こえるような声ではないが、ソフトクリームの機械の近くに来て言ったので真梨乃と勇也には耳に入っていた。

この商店街の女性陣は、もうこういう発言には馴れていて、いつも無視している。男性陣はまあ会長だし、直接触ったりするわけではないからという感じだ。

「ああ、ちょうどよかった会長、ソフトクリームと焼きそばのお客様を別々に並んでもらえるように案内してくださいよ」

ただ恋人ではないとはいえ、自分と身体の関係がある真梨乃に堂々とセクハラされた勇也は少し複雑だ。

平日はお好み焼きなどのメニューもあるが、休日は焼きそばだけにしていて、真梨乃の父はこんな会話も聞こえないくらいずっと焼き続けている。

それでもひっきりなしに注文が入る状態なので、ここは会長を利用してスムーズに客がさばけるようにしようと思いついた。

「どうしてワシがそんなこと」

会長は不満そうに言って、裏口から逃げようとする。勇也はそんなオヤジの腕を掴んで引き寄せた。

「温泉が湧いたおかげでそうとう儲かったんでしょ。スケベなこと言っても許してもらってるんだから少しくらい協力してくださいよ」

勇也はこっそりと会長の耳元で囁いた。温泉が湧いたあと会長が誘致してきた温浴施設が商店街の入口のすぐ横、幹線道路沿いに建ったのだが、そこの土地、そして隣接する土地もすべて会長の持ち物だ。

以前は食品工場に借地していたのだが移転してしまい、こんな田舎《いなか》の土地では次の借り手もなく、税金ばかりかかるとずっとぼやいていた。

「会長の顔を立てて俺も全面協力したんだから、さあ早く」

しかも会長は隣の土地をコインパーキングにしていて、施設の駐車場に入りきれなかった人や、足湯のみのお客さんたちの利用でけっこう儲かっているらしく、腕時計が外国製の高級品に変わっていた。

それもこれも勇也が源泉が湧《わ》いた場所の地権者として全面的に協力したからスムーズに進んだ話であり、会長には貸しがあると言ってもよかった。

「ちょっとだけだぞ。さあ皆さん、ソフトクリームのかたは右側に、それ以外のお客様は左にお願いします」

ブツブツ文句を言いながらも会長は店前に出て、客を仕切り始めた。

「ありがとう勇也」

ソフトクリームの機械にはりついている真梨乃が、申しわけなさそうに言った。

「いいよ、これもいつまで続くかわからないんだからさ、稼げるうちに稼がないと。そのためなら近所のおっさんでも誰でも使わないと」

冬なのに額に汗を浮かべている勇也は逞《たくま》しく返事をした。

「そうね、がんばらないとね」

にっこりと笑った真梨乃の笑顔はなんとも明るく輝いていた。


「あー、今日もよく働いたなあ、夜のお楽しみだ。ふふ」

真梨乃の店での手伝いを終えたあと、勇也は一人ニヤニヤしながら、父が残した眼鏡店の二階にある自宅スペースから下に降りてきた。

お楽しみといってもスケベなことを考えているわけではない。

「温泉、温泉っと」

脱衣所に入ってサッシを開いて浴室を確認する。開けると同時に硫黄の香りのする湯気がむあっと立ちのぼってきた。

「もう溜まってるな」

勇也の父親が遺してくれた元眼鏡店の自宅。父は亡くなる前に仕事の道具や商品などはすべて処分し、店内はがらんとして、勇也がたまに使う自転車が置いてあるくらいだった。

「こんな広いお風呂を独り占め。ふふ、しかも温泉だもんな」

同じ商店街の中にある母の雑貨店跡の裏庭から突如湧いた温泉。勇也は商店街会長である将一の提案通りに、土地と地権者としての源泉の権利を商店街組合に売却した。温泉のお湯は、温浴施設に有償で供給されたり、商店街の中にある足湯施設で使われたりしている。

勇也はその売却費用を安くする代わりに、自宅にも配管を通して温泉を供給してもらえるように契約《けいやく》した。

(どうせ気楽な独身暮らしだし、そのくらいの楽しみがあってもいいよな)

あまり金や物に執着のない勇也は、仕事から帰ってきたときにいつでも入れる自宅の温泉があるほうが価値があると思えたのだ。

そして勇也は売却費用を使って、一階の元店舗部分のスペースをすべて浴室として改装した。

もとは個人営業の眼鏡店だから豪華な大浴場とはいかないが、ちょっとした旅館の浴場くらいのスペースはあったので、大の大人が二人ならんで寝そべってもまだ余裕のある黒石の浴槽を作ってもらった。

洗い場もそれと同じくらいの広さがあり、壁も床もブラックの建材を使用した渋いデザインだ。

少し掃除がたいへんだが、源泉がいくらでも供給されるので、大きな浴槽を毎日満タンにしても水道代の心配もない。

「ああ、極楽だあ」

湯は浴槽の横にある供給口からどんどんかけ流しで入ってくるので、量の心配どころか溢れたぶんが排水口から流れていっている。

そんな風呂に脚を伸ばして浸《つ》かると身も心も解放され、休日をつぶして真梨乃の店を手伝った疲れもすべて吹き飛んでいくのだった。

「ふあああああ」

あまりの気持ちよさに変な声まで出てしまう。泉質の調査をしたところ、筋肉の疲労や打ち身や捻挫《ねんざ》、さらには美肌効果まである成分が含まれているらしかった。

「なんて声出してんのよ。びっくりするじゃない」

このまま気持ちいい湯に身体が溶けてしまうかもと思っていると、急に脱衣所との間にあるサッシが開いた。

「真梨乃さん」

振り返ると浴室の入口に真梨乃が立っていた。湯気が立ちこめる中、ムチムチとした白い身体の前にタオルだけをあてている。

普通サイズのタオルで最近さらに色香を増したように思える肉体が隠しきれるはずもなく、Gカップの豊乳は乳首も含めてほとんどはみ出し、腰周りも晒《さら》されてなんとか股間だけが見えない状態だった。

「今日もありがとうね。お礼をしなきゃと思って」

勇也とずっと関係を続けている真梨乃は、ここの風呂にも何度も入っている。

田舎の気安さか、裏口の扉は家にいるときはいつも鍵が開けっ放しなのも彼女は知っていた。

「お礼なんていいよ」

浴槽と同じく、かなり広めの洗い場にしゃがんだ真梨乃は、年齢を重ねてもプリプリとした感じのする白尻をこちらに見せつけながら、身体を洗い流していく。

こうして一緒に風呂に入るのもけっこう回数を重ねているが、いつもその悩ましい丸みに勇也は目を奪われるのだ。

「うふふ、いつもの始めようか」

汗を流し終えた真梨乃は黒髪をゴムでアップにまとめ、うなじを見せつけながら立ちあがった。

そして一度脱衣所のほうに出ると、赤いマットとプラスティックのボトルを手にして戻ってきた。

「いいよ真梨乃さんも疲れてるでしょ、今日は一日働きづくめだったし」

「だーめ、いくら言ってもお金も受け取ってくれないんだから、このくらいさせてもらうわ」

真梨乃は勇也が充分に寝られるくらいの、厚めのヨガマットを洗い場に敷いた。

浴槽の中にいた勇也は強引に手を引かれ、マットのうえにうつ伏せで寝かせられた。

毎週のように土日は真梨乃と父親の店を手伝っている勇也だが、バイト料の類《たぐ》いはたいした働きもしていないからと断っていた。

「今日は会長まで張り切ってくれて助かったわ」

マットを敷いても洗い場には充分すぎるくらいの余裕がある。真梨乃はマットの横に膝をつき、持ってきたボトルからローションを手に取り勇也の背中に伸ばしていく。

「いいんじゃないの、真梨乃さんのお尻をかぶりつきで見てたし見物料だよ」

結局、あれから一時間ほど会長は店前で案内係をさせられていた。ブツブツ文句を言っていたが、会長と同級生でもある向かいの乾物屋の奥さんにたまには働けと笑われていた。

スケベな目で真梨乃を見られて少し複雑だが、触れられるのは勇也だけだから、そのくらいは大目に見るかと思いながら、そばで膝をついている彼女のヒップを撫でた。

「あっ、いやん、もう勇也のエッチ」

たっぷりと肉が乗った桃尻を撫でたり掴んだりすると、真梨乃が少し甲高《かんだか》い声をあげ、それが湯気に曇る、浴室ではなく浴場と言っていい広さの空間に響いた。

お湯に濡れた白肌の吸いつきと柔肉の感触が素晴らしい。

「もう、勇也に気持ちよくなってもらうためにしているんだからね、だめっ」

さらにヒップの奥にある真梨乃の女に部分に、うつ伏せのまま勇也がなんとか指を伸ばそうとすると、ぴしゃりとはらわれた。

勇也の背中や尻にローションを塗り終えた真梨乃は、一糸まとわぬ白い身体をうえから覆いかぶせてきた。

「勇也の背中、大きいわ」

男の筋肉質な背中にGカップの柔乳を押しつけながら、真梨乃は身体を前後に動かしてきた。

薄桃色の乳頭とフワフワとした乳肉が、ローションの滑りとともに勇也の背中を甘く擦っていった。

「気持ちいいよ、真梨乃さんの身体がすごく柔らかいから、うっ」

真梨乃は勇也のお尻の辺りに太腿を絡みつかせるようにしながら、前後に全身を動かしている。

しっとりとした熟女の肌が吸いつくように自分の身体を磨《みが》いていく感覚に、勇也は思わず声を漏らしてしまうくらい気持ちよかった。

「うふふ、勇也、気持ちよさそう」

勇也がお金を受け取らないからと言っていたが、真梨乃は奉仕好きというか勇也が気持ちよさげにしていると嬉しそうにする。

このソーププレイも彼女自身が勇也に喜んでもらうためと言って、それ系のアダルトビデオを見て覚えたものだ。

自宅で見ると父親がいるからといって、勇也の家で見ながら練習するものだから、たまらなくなって襲いかかったこともあった。

「勇也の身体の全部を綺麗《きれい》にしないとね」

そうして覚えたプレイでいつもこうして真梨乃は奉仕してくれる。普段は優しい姉のような彼女が、ここでは一気に淫女になるのがまた男心を刺激した。

「ほら、こんどはうえを向いて」

自身の身体もローションにまみれている真梨乃のリードに従って、勇也はマットのうえに仰向けになった。

彼女は濡れ光る巨乳をこんどは勇也の胸板に押しつけて、前後に擦りつけてきた。

「ああ……たまらないよ、真梨乃さん」

もう勇也に抵抗の気持ちはない。疲れているだろうに申しわけないという思いはあるが、巨乳と尖ってきている乳頭が自分の肌に擦りつけられるのはたまらなかった。

「ああ、私も少し、あっ、ああん、やだ乳首が」

自ら乳房を擦りつけながら真梨乃は甘い声をあげた。勇也の肌に敏感な乳頭が擦れて快感に喘いでいる。

ずっと微笑んでいた美しい顔が、今日初めて快感に歪んだ。

「ここ？」

勇也は彼女が背中をのけぞらせたために、ローションで滑ってプルンと弾《はじ》けるように二人の身体の間で飛び出した巨乳を揉み、乳首を軽く指で引《ひ》っ掻《か》いた。

「あっ、はあん、だめ、あっ、あああ」

ローションに濡れた乳房の肌に指を食い込ませ、柔らかさを楽しみながら揉みしだくと、真梨乃はさらに淫らな声をあげて覆いかぶさる身体をくねらせた。

「もう、だめよ。今日はお礼をしてるんだから」

真梨乃は勇也の手を乳房から離させると、自分の身体をうしろにずらしていった。

そしてこんどは双乳を使って勇也の逸物を挟み込んできた。

「くうう、それ、ううう、だめだよ真梨乃さん」

ぬめりを持った柔肉に肉棒が埋まり、上下にしごかれていく。甘い快感が突き抜け、勇也はたまらず仰向けの身体をよじらせた。

「たくさん感じてね、勇也」

こちらも少し息を荒くしている真梨乃は、うっとりとした瞳を向けながら乳房を両手で持ちあげて揺すってきた。

ローションのぬめりとともに美肌が亀頭のエラや裏筋、そして竿まで密着しながら擦ってきて、あっという間に完全勃起《ぼっき》した怒張の根元が脈打った。

「ああ、勇也、もうすごくカチカチね」

時折谷間から見える赤黒い亀頭部を潤んだ瞳で見つめながら、真梨乃は激しく乳房を揺すってきた。

巨乳に埋もれた肉棒が、絶え間なくしごき抜かれていく。

「くううう、真梨乃さん、ううっ、出ちゃうよ、うう」

あまりの快感に勇也は絶えず伸ばした脚を震わせ、白い歯を食いしばって呻《うめ》き声をあげていた。

肉棒の先端からは白い薄液が溢れ出ていて、ローションに混ざり合ってヌチャヌチャと淫らな音を立てていた。

「まだイッちゃだめよ、最後はここで」

もう射精する寸前といった様子の勇也に赤らんだ顔を向けた真梨乃は、乳房から手を離してパイズリをやめた。

そしてこんどは身体を起こして、天を衝《つ》いて屹立した肉棒のうえに跨がってきた。

「あっ、あああっ、これ、ああっ、大きい、あああん、あああ」

むっちりとした白い太腿を大胆に開き、漆黒の陰毛の奥にあるピンクの裂け目に巨大な亀頭をいざなっていく。

そこは前戯も受けていないはずなのに、すでに大量の愛液にまみれていて、大胆に口を開いて勇也の巨根を飲み込んでいった。

「うう、真梨乃さんの中もすごく熱い、くううう」

ローションの滑りもあってあっさりと怒張の侵入を許していく真梨乃の膣肉だが、中はやけに熱く、そして絡みついてくる。

「あああん、だって、これ、あああん、すごく硬くて、ああ、奥まで、ああ」

真梨乃もまた自らの指を噛《か》みながら、虚ろになった瞳を結合部に向けながら腰をおろしている。

その表情は快感と肉棒に魅入られている感じで、妖しい色香をまき散らしていた。

「あっ、あああん、はうっ、奥、あっ、あああああん」

最後は身体の力を抜いて真梨乃は一気に身体を沈めてきた。勇也の腰に熟《う》れたヒップがぺたんと落ち、ローションに濡れた巨乳がブルンと弾んだ。

「ああん、私の中、あああん、いっぱいになってるよう」

もちろん入れただけで終わるわけはなく、真梨乃は大胆に身体を動かしてきた。

彼女が感じるたびに狭くなっていく媚肉が肉棒を締めあげながらしごきあげていく。

「俺もすごくいいよ、く」

亀頭のエラにねっとりとした感触の膣肉が擦られて、甘い快感が頭の先まで突き抜けていく。

仰向けのまま勇也は腰を震わせて、こもった声を漏らしていた。

「あっ、あああん、もっと気持ちよくなって、あっ、あああ」

自身も顔を快感に歪めながら、真梨乃は大胆に大きなお尻を前後に動かし、膣奥を肉棒を擦りつけてきた。

「はうっ、それ、くうう、すごいよ真梨乃さん」

亀頭の先端部にある尿道口に、彼女の子宮口が吸いつきながら擦っていく。

その快感は凄まじく、勇也は怒張をビクビクと脈動させて喘いでいた。

「嬉しい、勇也が感じてくれて……あっ、あああん、でもこれ、私もいいところに」

膣奥は彼女が強く感じる性感帯でもある。そこに自ら怒張を押しつけているのだからたまらないのだろう、半開きの唇からはずっと荒い息が漏れていた。

「ううっ、真梨乃さん、もっと感じてよ、うっ」

真梨乃は崩れそうになる身体を勇也のお腹に両手をついて支え、二の腕の間で巨乳を揺らしながら腰を懸命に動かしている。

そんな彼女をもっと感じさせようと、勇也は下から怒張を突きあげた。

「はっ、はああん、だめ、ああ、勇也は動かないで、ああ、ああああん」

自ら動かしていた腰を前に出したところで膣奥を強く突かれ、真梨乃は悲鳴に近い声をあげてのけぞった。

たわわな巨乳が大きくバウンドし、勇也の腰に跨がったローションに濡れた身体全体が、ビクビクと痙攣《けいれん》している。

「充分に気持ちいいよ。だから真梨乃さんもたくさん感じて」

勇也は両手を伸ばして真梨乃の下腹の辺りを親指で軽く押す、そしてリズムよく腰のうえの女体を突きあげていった。

「だめっ、それ、ああっ、はうっ、はあああん」

勇也が押している下腹の奥には真梨乃の子宮がある。彼女の中でいちばんの性感帯へと成長している子宮に圧力を加えながら、同時に肉棒を打ち込むのだ。

「ひあっ、あああ、おかしくなる、ああっ、あ、あああああん」

まったく欲情していない、いわゆる素面《しらふ》の状態であっても、真梨乃は子宮を揺らされると脚から力が抜けて腰が砕けそうになるらしい。

恥ずかしそうにそう言いながら、勇也がこんな身体にしたのよと言う彼女を、勇也は激しく突きまくった。

「あああっ、はうん、あああ、勇也、あああああん、ひあああ、すごくいい、あああ」

瞳を閉じて唇をこれでもかと大きく開いた美熟女は、されるがままに激しくよがり泣いている。

普段の面影はもうないくらいに快感に顔を崩し、巨乳の先端を尖らせて肉房を大きく波打たせてのけぞった。

「あああああ、イッちゃう、ああっ、真梨乃、もうイク、ああああん」

「はい、ストップ」

「ああ……もう……ばか」

一年経っても真梨乃の感じかたの特徴は変わらない。一度ピストンを止めて彼女の快感が引いていくのを確認する。

そのほうがさらに絶頂が深くなるのをわかっているから、勇也は充分に確認してから再び怒張を突きあげた。

「はああああん、勇也、あああっ、来る、あああああっ、おかしくなるう！」

もう完全に崩壊した真梨乃は勇也のうえで全身をガクガクと痙攣させながら、さらなる絶叫を響かせた。

「真梨乃さん、くうう、俺も」

真梨乃の膣道はさらに狭くなり、肉棒を強く締めあげてくる。

蕩けるような牝の肉の絡みつきに、勇也も限界を迎えていた。

「あっ、はうっ、あああん、勇也、ああっ、今日はお薬飲んでないから外で、あああ、ごめんね、あああん」

激しく喘ぐ真梨乃が切ない目を向けて訴えてきた。いつもは避妊薬を飲んでいるので中で出すが、ときにはこんなこともあった。

「謝らないでよ、じゃあ外に出すよっ、先にイッて真梨乃さん」

リズムよく肉棒で自分に跨がる熟れた身体を突きながら、勇也は答えた。

「はああん、そのかわり、ああっ、勇也の好きなところに出して、ああ、お口でもどこでもいいわ、ああ、もうイッちゃう」

「う、うん、おおおお、真梨乃さん」

どこで出すかなど考える余裕もない。勇也は雄叫《おたけ》びをあげながら腰のうえにのっている熟した巨尻に向かって股間を突きあげた。

「はうっ、あああ、来る、あああん、お腹が震えてる、あああっ、イクうううっ！」

子宮に衝撃を受けた真梨乃は、天井を見あげるくらいに身体をのけぞらせ、全身の肌を波打たせてのぼりつめた。

巨乳がブルンブルンと弾み、漆黒の陰毛の奥にある二人の結合部から愛液が飛び散っていた。

「ああぁっ、イッてる、あああん、すごいい、ああっ、あああ」

断続的に勇也のうえの身体を痙攣させ、真梨乃は絶頂に酔いしれている。近頃彼女はさらに性感を成長させていて、絶頂時はまさに自失状態だ。

「真梨乃さん、顔に出していい？」

勇也の肉棒も、もうあと一擦りで射精といったところだ。とっさにアダルトビデオのように女性の顔を汚したいと思いついた勇也は、真梨乃の中から肉棒を引き抜いた。

「え、あ……うん……」

あまりに激しいエクスタシーに意識も虚ろになっているのか、真梨乃は勇也にされるがままにマットにぺたんとお尻をついて座った。

「あああっ、出るよ、真梨乃さん、くうう」

少し顔をあげて瞳を閉じた真梨乃の顔の前に立ち、勇也は自ら肉棒をしごいた。

昂《たか》ぶりきっていた怒張はすぐに発射態勢に入り、白く粘っこい液体を放出した。

「あ……」

頬が赤く上気した真梨乃の顔に白濁液《はくだくえき》がぶつかり、ねっとりと流れていく。

いつも優しく美しく、皆の憧れだった真梨乃の顔を自分の出した精液が汚していく様子に、勇也は奇妙な興奮を覚えながら何度も射精した。

「ああ……もう、勇也の変態……」

鼻の周りやあごにまで白い粘液をしたたらせながら、真梨乃は少し笑って言った。口元は笑っているが、その大きな瞳は妖しげに潤んでいて、そんな彼女の顔を精液が染めているのがなんとも淫靡だ。

「ご、ごめん、俺、つい」

妖しい色香を放つ美熟女に魅入られながらも、勇也は自分がとんでもない行為をしでかしたと頭をさげた。

こんなのはアダルトビデオの世界の中だけで許されるものだ。

「いいよ、どこにでも出していいって言ったのは私だし。うふふ、それに勇也の精子も好きよ私は」

鼻にかかるようなセクシーな声で言った真梨乃は、頬にまとわりついている勇也の精液を指で拭《ぬぐ》い、舌で舐めとっていった。

微笑みさえ浮かべて自分の精子を味わう幼馴染みに、勇也はただ呆然と見とれるのだった。

第二章　濡れそぼる女上司

　あまり有給を取得していなかった勇也はその日、会社から半強制的に今日明日と休みを取らされ、自宅二階の居間でゴロゴロしていた。

「やることもないしなあ」

　ここのところ平日は仕事、休日も真梨乃の店が忙しくなる時間帯は手伝いに行っている。温泉が出てからこっち遊びにいくこともなかったので、いざ用事のない休日を与えられてもなにをしていいのかわからない。

　先ほど真梨乃のお店も覗いたが、お客もそれなりといった感じで、お昼にと焼きそばをもらって帰ってきたくらいだった。

「ん？」

　買うだけ買って見ていなかったＤＶＤでも見ようかと思っていると、会社からスマホにメールが来た。

『昨日もらった見積もりの数字が少しおかしいのだけれど』

連絡してきたのは勇也の直属の上司である牧田藍夏《まきたあいか》だった。今年で三十三歳になる藍夏は仕事一筋の独身女性だ。

切れ長のすっきりとした瞳に鼻が高い知的さを感じさせる顔立ちの美女で、スタイルのほうも長身で手脚の長いモデル体型なのに出るところは出ている。

そのうえ仕事の能力も高いのに、周りに威圧的な態度をとることもない。そんな彼女が三十歳すぎまで結婚していないことを皆不思議がっていた。

「うわっ、やべえ」

メールの主が藍夏だったことに、勇也は飛び起きた。理不尽ないじめのようなまねをするような藍夏ではないが、基本的には仕事に厳しい。

部下に優しくしながらも馴れ合わないというか、ちゃんと仕事に全力を尽くさないとしっかりとお説教はくらわされる。

『すいません。いまから会社に行って修正します』

慌てて勇也はメールを返して着替えようと立ちあがった。彼女に家で訂正しますから送ってくださいとは言いづらかった。

『いいよ。お客様には明日の朝一番の確認でって連絡しておいたから。私のほうで修正して石川《いしかわ》くんの家に持っていくから、チェックだけお願い出来るかな』

『え、僕の家にですか？　そんな申しわけないですよ』

すぐに藍夏から来た返信に勇也は驚いた。すぐに向かわなければと思っていたのに、上司のほうがやって来てくれるというのだ。

直接来て怒られるのかと、変に緊張してしまった。

『いいよー、今日、ちょうどそっちのほうにあるYっていうバイク屋さんに部品の注文に行くつもりだったから、ついでだよ』

勇也の返信に藍夏はすぐにそうメールを送ってきた。まあ彼女はヒステリックなタイプの女性ではないから、わざわざ怒りにくるというのは勘ぐりすぎたかもしれない。

藍夏の趣味は大型バイクでツーリングに行くことだというのは知っている。休日の彼女と遭遇した同僚は、大排気量のバイクを颯爽《さっそう》と乗りこなす彼女に見惚《みと》れたと言っていた。

『すいません。甘えさせていただきます』

あまりそれを断っても角が立ちそうな気がしたので、勇也は受け入れることにした。

「まあ、この服でいいか」

上司を迎えるのに部屋着のままというのも申しわけない気がしたので、勇也は一応、外にも着て行く緩《ゆる》めのズボンとトレーナーに着替えた。

食べるのかどうかもわからないが、間を持たせられるよう、お菓子も用意した。基本的に藍夏とプライベートでの話をしたことはないのだ。

彼女は部下にあまり自分の話をするタイプではなく、勇也もどちらかといえばそういう人間なのでほとんど仕事の会話だけだった。

「うわっ、うそだろ」

いまからバイクに乗って自宅を出るというメールが来て数分後、屋根を激しく叩く音が響いてきた。

裏手の窓から顔を出すと、この地域で冬にはちょっと見たことがない大粒の雨が降り注《そそ》いでいた。

「大丈夫なのか、牧田主任」

雨は夏の夕立のような勢いで日が暮れた地面を叩いている。勇也はバイクには乗らないのでよくはわからないが、事故を心配するくらいの雨だ。

不安に思ってメールをしようかと迷っていると、商店街側の入口のほうで重たいエンジン音がした。

「大丈夫ですか、主任」

とりあえずバスタオルを二枚握りしめ、勇也は一階の出口から飛び出していった。

商店街はアーケードがあるので中に入れば雨は被《かぶ》らないが、雨が落ちるすごい音が響き渡っていた。

「一瞬でずぶ濡れだよ。なんとかリュックの中は大丈夫だけど」

元眼鏡店の店前に、見たこともないような大きな銀のエンジンに、グリーン色のカウルがついた、レースを走るようなバイクが止まっていた。

その傍《かたわ》らにヘルメットを被ったままの藍夏がいる。カウルと同じようにグリーンのタンクや黒革のシート、そして彼女の全身もずぶ濡れだった。

「すいません、俺がやらかしたせいで」

ヘルメットを脱いだ彼女に勇也はバスタオルを差し出す。黒髪がふわりと落ちてきて、濡れていない艶やかな毛先や整った顔はいつも会社で見る彼女とは違っていて、勇也はドキリとした。

「別に雨は君が悪いんじゃないよ、タオルありがとう」

会社帰りそのままなのか、足元のブーツ以外は黒のパンツスーツにジャケット姿の彼女は首や腕を拭《ふ》いていく。

きっかけは勇也なのに、彼女は人のせいにする様子は微塵《みじん》もない。こういう性格だから下の者にも慕《した》われていた。

「横着しないでレインウエアに着替えに帰ればよかった。でもさすがに冬だから寒い」

両手で自分の腕を抱えるようにして、藍夏は少し笑った。彼女のジャケットはずぶ濡れで、かえって寒いからとジャケットを脱いでいった。

「うっ」

どうせもうずぶ濡れだと、ジャケットをバイクのタンクにかけた藍夏の上半身は、白のブラウスだけだ。

濡れた白い生地にブルーのブラジャーが透けていて、もうほとんどの店が閉店して静まりかえった商店街の中で勇也はこもった声をあげて固まった。

青の生地に白のレースがあしらわれたカップから、たっぷりと量感のある白い乳房がはみ出している。

普段、仕事の際はあまり意識することがないぶん、意外なくらいに豊満な藍夏の胸元に勇也は見とれてしまった。

「ん、どうかした？」

「い、いえ、別に」

慌てて誰もいないか勇也は周りを見回す。スケベな会長が見ていたりしたらなにかよけいなことを言ってきそうで気になった。

「うー、寒い」

そんな部下を不思議そうに見ていた藍夏が身体をブルッと震わせた。真冬に身体が濡れたまま外にいるのだから当たり前だ。

このままだと藍夏は風邪を引いてしまうだろう。

「とりあえず中に入ってください」

いつも厳しくも優しい女上司の、意外なくらいにセクシーな身体に見惚れていた勇也だったが、はっとなった。

すでに自分が入るために自宅の温泉は溜めてあった。冷えた身体を暖めるのには温泉以上のものはない。

勇也は扉を開けて藍夏を中に招き入れた。

「洗濯は乾燥まで自動で終わりますから」

脱衣所と浴場を隔《へだ》てるサッシ越しに、温泉に入っている藍夏に話しかけた。

勇也の家の洗濯機はドラム式の洗濯乾燥が連続して出来るタイプで、これも源泉の権利を売却したお金で購入した。

「すごく暖まる。でもすごいね、お家にこんな温泉があるなんて」

もちろんだがサッシは曇りガラスなので、藍夏の姿はよく見えず、彼女の声しか聞こえてこない。

少し残念にも思うが、相手は上司だからあまり女として見るのもどうかと思う勇也はこのほうがいい。

「まあ、そうですね。でも会社では秘密でお願いします」

入らせてくれと言われて押しかけられても困るので、会社の人々には自宅に温泉があるのは言っていなかった。

「もうデータのほうも確認しておきましたので」

藍夏が持ってきたノートパソコンに入っていた見積書のデータはすでに修正されていた。

勇也はそれを確認したのみだ。本来なら自分が会社に出向いて行わなければならないのに申しわけなかった。

「はーい、お疲れ様。それにしてもいいお湯だね、さっきまで寒かったのにのぼせてきちゃったよ」

さっぱりとした口調で答えた藍夏の声がして、浴槽から立ちあがる水音がした。

ふとサッシのほうに目をやると、曇りガラス越しに肌色の影が浮かびあがっている。

「う……」

彼女は浴槽の縁《ふち》に腰掛けているのだろうか、むっちりとしたお尻と、背中の姿が見てとれた。

肩幅は意外にしっかりとしていて、そのぶん腰回りのくびれのラインが見事なくらいに強調されていた。

（いかんいかん……）

影だけでも女の色香を見せつける藍夏の後ろ姿に、勇也は胸が昂ぶる。

ただ社内でも男の話すらしたことがない真面目な女上司に、スケベ心を知られたらとんでもないことになる気がした。

（とりあえず出よう）

二階の居間で待っていようと、勇也は脱衣場を出ようとする。

そのときドラム式洗濯機の丸いガラスのフタが視界にはいった。

「で……でかい……」

ちょうど洗濯機の回転が止まり、フタのガラスにブルーのブラジャーが押しつけられていた。

まだ洗っている最中なのでずぶ濡れの、白いレースがあしらわれたカップは彼女の細身《ほそみ》の身体に似つかわしくないほどのボリュームがあった。

「ん、どうかした？」

「い、いえ、じゃあ上で待ってます」

これ以上ここにいたら頭がおかしくなりそうだと、勇也は慌てて脱衣所を飛び出して階段を駆けあがった。


古い店舗兼住宅の二階なので、畳敷きの和室の部屋に置かれたテーブルの前に座り、勇也は一人悶々としていた。

曇りガラス越しに見えた豊かそうなヒップ。ブラウス越しに透けたブラジャーに包まれた胸元。そしてはっきりと巨乳だとわかるカップの大きさ。

テレビをつけて気を紛《まぎ》らわそうとしても頭から消えない。はっきりと見えなかったぶん、よけいに想像力をかきたてられて、若い勇也はたまらなかった。

「ありがとう、いいお湯だったわ」

胡座《あぐら》座りの股間に伸びていきそうになる手をなんとか理性で止めていると、階段のほうから藍夏の声がした。

「はい……ええええっ、主任、その格好」

長い髪をバスタオルで拭きながら居間に入ってきた藍夏は、なんと身体にバスタオルを巻いただけの姿だった。

長身のスリムな身体に白のバスタオルがはりつき、艶やかな長い脚は太腿からすべて丸出しだった。

「あっ、これ、まだ乾燥が終わってなかったし。ごめんねバスタオル二枚借りちゃったわ」

勇也にそんな格好を見られているのはあまり気にしていない様子の藍夏は、ちょこんと畳に正座をして座った。

「え、バスローブが……あっ」

そう勇也は専用の温泉が完成した際に、ちょっと気が大きくなって購入したまま使用していなかったタオル地のバスローブを、藍夏に使ってもらおうと脱衣所に持っていったのだ。

なのにガラス越しの肉体と洗濯機の中の下着に気が動転して伝え忘れていたのだ。

「あっニュースやってる。へえー、あの議員辞めるんだね」

勇也のほうをあまり見ずに藍夏は、カールがかかった黒髪をもう一枚のバスタオルで拭きながらテレビを見ている。

ちょうど画面には、スキャンダルを起こして辞職する議員の記者会見が流れていた。

(う、うそだろ……主任のこんな姿……)

向こうはそもそも勇也のことを男とは意識していないのかもしれない。

だからあまりに無防備に、バスタオル一枚の身体で畳に正座しているのだ。ただ勇也のほうはもうたまらない。

(な、なんてエッチな身体)

テレビに身体を向けている藍夏を真横から見る位置に勇也は座っている。

バスタオルに包まれた彼女のボディは、胸元が大きく前に突き出し、上乳の部分がはみ出している。

そこから背中や腰が見事にアーチを描き、ふくよかなヒップにつながる。正座をしているのでバスタオルがずりあがって太腿の根元まで露出《ろしゅつ》していた。

「あ、石川くん、ドライヤーあったら借りられるかな」

心の中はパニック状態の部下に気がついていない藍夏は、会社のときと同じ口調でこちらに顔を向けた。

湯上がりで上気した頬や少し潤んでいる感じのする切れ長の瞳が、なんとも色っぽかった。

「あ、はい、あります」

慌てて勇也は立ちあがると、棚に置いてあるドライヤーを持ってきた。

「えっ、あ……ありがとう……」

正座のままドライヤーを受け取った藍夏の視線が、ある一点に釘付けになっている。

黒目の大きな切れ長の瞳が向けられている先には、勇也の股間があった。

「えっ、こ、これは」

勇也も慌てて下を見ると見事なまでのテントが張られていた。生地の柔らかいズボンを穿《は》いていたので天を衝いた肉棒の形がくっきりと浮かんでいた。

勃起しているというのは感じていたが、心乱れていたときにドライヤーを頼まれたので、なにも考えずに立ちあがってしまっていた。

「す、すいません」

慌てて両手で股間を隠しながら、勇也は畳のうえに膝をつき彼女のほうに背中を向けた。

上司の前で、それも身体を見て肉棒をたぎらせる。真面目な藍夏はそんな部下を軽《けい》蔑《べつ》するはずだ。

「どうしたの？　若い君がこんな三十歳もすぎた女を見て大きくするなんて。私なんて女としても魅力ないでしょ」

少し不思議そうな顔をした藍夏は、身体ごと向こうを向いている勇也に四つん這いでにじり寄ってきた。

「仕事ばかりで女らしさがないっていつも言われてるんだけど、ほんとに私を見て大きくしたの？」

整った唇をぽかんと開けた藍夏が、勇也の両手で隠している股間を覗き込んでくる。普段からあまり冗談を言うタイプではないので、本気で不思議がっているようだ。

「そ、そんな、主任は充分に綺麗で魅力的ですよ。誰が女らしくないって言ってるんですか」

「親や親戚だよ。ずっと彼氏も作らないで仕事ばかりしてるからだって、言うんだよ。まあ確かに彼がいたのは大学のときが最後だけど」

なんというか、無邪気な感じで藍夏は四つん這いのまま頭を突き出すようにして、膝をついてうずくまる勇也の股間を覗き込んでくる。

「主任、その体勢はやばいですって」

確かに性格的には色気はないかもしれないが、身体のほうは三十三歳の熟した色香をまき散らしている。

四つん這いのまま身体を前に倒しているので、バスタオルがずれて乳房が乳首寸前まではみ出していた。

「えっ、あ、出ちゃった、へへへ、ごめんね」

身体を起こして藍夏は照れくさそうに笑いながら、ずれたバスタオルを引きあげた。

会社では一度も見たことがない女上司のはにかんだ笑みに、勇也はもう頭がクラクラしてきた。

「あらら、ほんとにすごく大きくなってるね……わっ、硬い」

「だ、だめですって主任、くっ、ううう」

ズボンのうえから肉棒を握って藍夏は目を白黒させている。その表情はまるでオモチャを見つけた子供ようだ。

「ねえ、ほんとに私なんか見て大きくしてくれたの？」

「うっ、そんなに摑まないで、うう」

切れ長のすっきりとした瞳に高い鼻。色も抜けるように白い身体は引き締まりながらも出るところは出ている。

こんな女性がバスタオル一枚で近づいてきて欲情しない男がいるのかと、逆にこちらが聞きたいくらいだ。

「自己評価が低すぎですよ。親戚の人になにを言われたか知りませんけど、主任は綺麗で……あと、エッチです」

このまま肉棒を握られ続けたらズボンの中で射精してしまいそうだ。

あなたにそんなことされたら男はおかしくなると、わかって欲しかった。

「エッチって……やだ……でもそういう風に見てくれて少し嬉しいかも」

勇也の股間を握る手を少し緩めて、藍夏は小さな声で呟いた。

「じつはね、大学のときの彼氏と別れたときに、性格が男っぽいから交際してても男友達と一緒にいるみたいだって言われてショックでさ……」

それからどうにも恋とか結婚とかに踏み出せずに、この歳になってしまったと藍夏は目を伏せた。

「私の親ってけっこう厳しくてね。ずっときちんとしなさい、遊びや楽しいことがあっても溺れちゃいけませんって育てられたから、彼氏の前でも自分が出せなかったんだ……」

ずっと俯《うつむ》いたまま藍夏は悲しそうに言う。確かに会社でも彼女はいつも明るいしっかり者だが、少し無理をしているように感じることもあった。

「主任は立派な人です。そしてたまらないくらいにいい女です」

勇也はたまらず彼女の肩を両手で握り、四つん這いの身体を引き起こして大声で訴えた。

いつも尊敬していますと伝えたかったのだが、起こした際の勢いが強すぎてバスタオルがはらりと落ちてしまった。

「う、す、すいません！」

こぼれ落ちた二つの乳房は、男の勇也の手にもあまりそうなくらいの巨乳なのに、形が美しくて張りを感じさせた。

同時にその姿を見せた乳首も乳輪部がぷっくりと膨《ふく》らんでいて、こぼれた勢いでフルフルと上下に揺れるのが男の欲情を刺激した。

「その……いいのよ石川くん……君さえよければ……好きにしても」

なにか決意したような瞳を向けた藍夏は、勇也の手を持って自分の乳房にあてた。

「しゅ、主任」

しっとりとした白肌の柔乳が手のひらに触れる。勇也はもう本能的にそのフワフワとした丸い乳房に指を食い込ませる。

そしてもう一方の乳房も揉みしだき、乳首に吸いついていた。

「あっ、やん、ああ、そんな風に、あっ、あああ」

勢いのままに乳首を舌で転がして愛撫する。上司とこんなことをしていいのかという思いが一瞬よぎるが、もう止まらなかった。

「あっ、あああ、やん、エッチな舐めかた、あっ、ああああ」

年齢を感じさせない美しい形の巨乳の先端は色素が薄くて、突起も小粒だ。

ただかなり感度は高いようで、藍夏のしなやかな身体がのけぞるのと同時に、硬く尖ってきた。

「あっ、あああああっ、だめ……ああん、いやっ、あああ」

もうバスタオルが腰まで落ちた長身の白い身体からどんどん力が抜けていく。

勇也は彼女の背中を支えながらゆっくりと畳に横たわらせ、乳房をさらに揉みながら染みひとつない首筋にキスの雨を降らせた。

「あっ、ああ、私、あああん、だめっ、ああ……」

まだ乳房への愛撫だけなのに、藍夏は息も絶え絶えな様子でぐったりとしている。

長い両脚もだらしなく開かれ、腰のところにあったバスタオルもはだけてなんとか股間を隠している状態だ。

（ずっとセックスをしていないようなことを言ってたけど、かなり敏感だよな）

勇也はそっとその白いバスタオルを指で摘《つ》まんで取り去っていく。熟した女らしく股間はみっしりと生い茂っている。

染みひとつない艶やかな白さを見せる太腿に、見とれそうになる勇也だったが、彼女が恥じらい出す前にと顔をその付け根に埋めていった。

「あっ、ああ、あああ、なにを、あっ、あああん、ひうっ、あああ」

濃いめの陰毛の下ですでに口を開いている女の裂け目。ここも乳房と同じようにビラも固めで、若い女性と同じような瑞々《みずみず》しさを見せている。

勇也はその花弁を指でそっと開きながら、舌を上側にあるクリトリスに這わせていった。

「ああん、あああっ、そこは、あああん、だめえ、ああん、あああ」

頬を赤く染めた藍夏は、脂肪がほとんどない引き締まったお腹をヒクヒクと引き攣らせながら喘ぎまくっている。

その反動で、仰向けの上体では張りの強い巨乳が悩ましげに揺れていた。

「んんんん、ん、もっと気持ちよくなってください、主任」

もう力の限りに舌を動かして、肉芽だけでなく膣口の辺りまで激しく舐め回す。

「あああん、そんな風に、あっ、あああっ、はあああん」

激しく快感にのたうつ藍夏は畳を指で引っ掻きながら、全身を汗まみれにして喘いでいる。

時折呼吸が止まっている感じがするので、少し心配になって舌を止めて顔をあげた。

「あっ、ああ……はあはあ……はああ……」

快感が止まると藍夏は息は出来るようになったようだが、畳にその抜群のスタイルの身体をぐったりと仰向けに横たえている。

汗に濡れ光る長い手脚やたわわな乳房。まるで隠す気持ちが失せたようにだらしなく開かれたままの股間。

会社では鋭さすら感じさせる切れ長の瞳は妖しく潤み、視線は完全に宙をさまよっていた。

(な、なんて色っぽいんだ)

わずかな時間、性感帯を責められただけなのに藍夏の全身から、ムンムンと発情した女の色香が漂《ただよ》っている。

半開きの唇からは絶えず湿った息が漏れていて、いつも凛《りん》とした彼女が性の興奮の中にある姿がたまらない。

（もう我慢できない）

普段は真面目な女上司から湧きたつ淫気にあてられた勇也は、牡の欲望を抑《おさ》えきれずに着ている服を脱ぎ捨てていく。

肉棒のほうもはち切れる寸前といったくらいに勃起し、赤黒い亀頭部が天井に向かってそそり立っていた。

「ああ……石川くん」

裸になった勇也はそっとその白い太腿を左右に開くと、藍夏は切なそうに息を吐きながら、潤んだ瞳をこちらに向けてきた。

勇也と同じように彼女もまた欲情の極致にいるのだろうか、むずがる様子は一瞬も見せなかった。

「い、いきますよ、いいですね」

勇也のほうも自分でも信じられないくらいに息が荒くなっている。

うわずった声で一応許可は求めているが、腰が勝手に前に出ていった。

「う、うん、あああっ、もう、あっ、はあああん」

亀頭部が濡れた膣口を押し広げながら中に侵入していく。迎え入れる藍夏の女肉が強い収縮を見せて怒張を締めあげてきた。

「あああ、はあああん、硬い、ああああ、くうん、あああ」

藍夏はすぐに歓喜の悲鳴をあげて、畳のうえの身体を弓なりにして喘いだ。

ピンクに染まった肌が波打ち、仰向けでもあまり脇に流れていない巨乳がブルンと波を打って弾んでいた。

「主任の中も熱くて、ううっ、すごいです」

すでに愛液にまみれていた藍夏の媚肉は柔らかい肉が絡みつくような感触で、亀頭を進めるたびにエラや裏筋に吸いついてきた。

まさに極上の女肉に歓喜しながら、勇也は力強く逸物を突き出した。

「あああん、これ、あああああ、あああああ」

一気に怒張が媚肉を引き裂いて、膣奥を捉えて押し込んでいく。

しなやかなボディが畳のうえで大きくうねり、開かれた両脚がビクビクと痙攣を起こし始めた。

「ああん、どうしてこんなに、はうん、深いの？　あああっ、あああん」

勇也の巨根に戸惑いながらも、藍夏はひたすらに喘いでいる。

「す、すいません、あああ、でも止まれません、おお」

狼狽《うろた》えた顔を見せる藍夏に対し、その膣肉は勇也の怒張に吸いついたままウネウネと脈動している。

その動きに導かれるように勇也は腰を激しく動かし始めた。

「ああっ、はあああん、すごい、あああん、お腹まで来てる、ああっ、ああ」

仰向けの胸板のうえで巨乳を踊らせる女上司は、すぐに戸惑いの色をなくし、快感に激しいよがり泣きを始めた。

かなり激しく肉棒をピストンしているが、苦しそうな顔を見せることはない。

「ああん、奥すごい、あああん、あああ」

これも熟女の男を受け入れる力なのか、音がするほど速い速度のピストンをすべて快感に変えている。

白い身体はさらに朱《あか》く上気し、艶のある声が居間にこだました。

「ああ、主任、あああ、すごく気持ちいいです」

まるで初体験のときを思い出すような気持ちで、勇也は藍夏の身体に覆いかぶさり、夢中で腰を振りたてている。

心が燃えあがると身体のほうも感度があがるのか、吸いつきが強い彼女の媚肉の中で肉棒が蕩けそうだった。

「ああん、だめえ、あああん、私、恥ずかしい、ああっ、このままじゃ、だめな姿をあなたに見せちゃうわ」

もう両脚はだらしなく開き、腕も畳のうえでゆらゆらと力なくくねっている状態なのに、藍夏はやけに恥ずかしがっている。

頬は赤く染まり、唇も開きっぱなしで視線も宙をさまよっているというのに。

「たくさん気持ちよくなってください、主任のエッチな姿が見たい」

女性にこういう風に「恥ずかしい」と言われると、すぐに気が引けてしまうタイプの勇也だが、なぜか藍夏に対してはもっと責めたいという気持ちのほうが強い。

息も絶え絶えに悶え続ける彼女の顔を至近距離で見つめながら乳房を揉み、巨大な逸物をこれでもかとピストンさせた。

「ああっ、そんなの、あああああん、ああっ、だめえ」

血管が浮かんだ怒張がぱっくりと口を開いたピンクの膣口を出入りし、大量の愛液が音をたてて飛び散った。

もうかなり追いつめられている様子だが、それでも藍夏は悩ましげに首を振った。

「だめじゃありません。どこまでも感じてください」

この最高の美女を追いつめ狂わせたい。そんな思いに取り憑《つ》かれた勇也は、身体を起こすと彼女の驚くほど引き締まった腰に両腕を回した。

そして自分は身体を起こし腕を引き寄せ、藍夏の背中を強引に反《そ》り返らせた。

「ひあっ、これだめ、あああっ、こんなの、ああああん」

畳のうえに仰向けのまま腰をうえに持ちあげられた藍夏の背中が、美しいアーチを描いた。

肉棒の入る角度も変わり、膣奥深くに亀頭が食い込んで藍夏は悲鳴をあげた。

「いきますよ、藍夏さん」

夢中で彼女の下の名前を呼びながら、勇也は自分の股間を彼女の股に叩きつけた。

「ひあああああ、勇也くん、ひいいん、だめええ、あああっ」

胸板も斜めになっているので、鎖骨《さこつ》に近い場所に寄った巨乳が激しく揺れる。

藍夏も勇也の下の名を叫びながら、激しく快感に溺れていった。

「ああ、藍夏さん、おおおおっ」

乱れ狂う女上司の姿は勇也の牡の嗜虐心《しぎゃくしん》を煽《あお》りたて、肉棒を振りたてる下半身にもさらに力が入る。

「あああん、だめえええ、あああっ、なにか来る、あああ、はあああっ！」

背中を反らせた汗まみれの裸身を引き攣らせ、藍夏は激しい絶叫を響かせた。

もう呼吸も途切れ途切れのような感じで苦しそうに見えるが、怒張を飲み込んだ媚肉の吸いつきはさらに強くなっていた。

「イッてください、女性の、女のいちばん気持ちいいところまで」

あまり経験がないように言っていた藍夏は女の絶頂を知らないのではないか。少なくとも膣でのエクスタシーは未経験だから、こんなに戸惑っているかもしれない。

そう思った勇也は一気にそこに彼女を追いあげるべく、肉棒を強く突き出し、彼女の腰をさらに強く引き寄せた。

「ああっ、ひいい、だめええ、ああっ、でも止まらない、ああ、大きいの、来るう」

独特の表現でそう叫んだ藍夏は、畳のうえで反り返っている上半身をさらにのけぞらせた。

「ああああっ、あああ、はあああああっ!!」

あの知的なキャリアウーマンがここまで狂うのかと思うような雄叫《おたけ》びと同時に、濡れ光る身体がガクガクと痙攣した。

それはまさに絶頂の発作《ほっさ》で、だらしなく開かれた長い手脚もビクビクと震えている。

「くうう、俺も出ますっ、うううう」

彼女の絶頂を見届けたあと勇也も限界を迎えた。さすがにこのまま射精するわけにはいかず、慌てて肉棒を引き抜いた。

「くううう、うう、イク！」

吸いつきの強い藍夏の媚肉に溺れていた怒張はすぐに暴発し、飛び出した精液が彼女の漆黒の陰毛や下腹部に降り注ぐ。

引き寄せていた腕をおろして藍夏の身体をそっと畳に横たえながら、勇也は何度も白い粘液を発射した。

「ああ……はあ……ああ……」

巨大な乳房の下辺りまで達した精液で肌を濡らしたまま、藍夏はピクリとも動かずに苦しそうに息をしている。

両脚も脱力したまま閉じることなく、剝き出しのピンクの秘裂が口を開いたままヒクついていた。

（や、やってしまった……）

藍夏はもうぐったりとしたまま虚ろな表情で宙を見ている。

毎日顔を合わせる直属の上司をこんな状態にまで追い込んでしまった。

（どうしよう）

自分の中にこんなにも攻撃的な牡が眠っているとは思わなかった。とんでもないことをしでかしてしまったと勇也は呆然となるばかりだった。

しばらくはお互いに放心状態だった二人だが、汗をかいたからと一階の温泉に入り直すことになった。

充分な大きさがある黒石の浴槽の縁に、二人で並んで腰掛けている。藍夏が恥ずかしがるので裸ではなく腰にタオルをかけてはいるが、彼女の形のいい巨乳は丸出しだ。

「すいません……主任……」

「やりすぎました……」

乳首がツンとうえを向いた乳房が小さく揺れる姿に、見とれる気持ちになれるはずもない。

明日からどうやって会社で接すればいいのか。すでにいまの時点でも、隣《となり》にいる藍夏の顔をまともに見られなかった。

「謝らないでよ、私のほうが恥ずかしくなるじゃない」

こちらもやけに照れた様子で藍夏は顔を背《そむ》けている。それはそうだ、よがり狂う姿を晒したのは彼女のほうなのだ。

「さっき家が厳しいって言ったでしょ。人前ではちゃんとしろって育てられてきたから、いつの間にか友達や親の前でも格好悪い自分が出すことが出来なくなってたのね。本当はそんなたいした人間じゃないのに」

いつも凛として頼りがいのある上司だと思っていた彼女だが、やはり無理をしてそう振る舞っていたのかもしれない。

確かにどれだけ優秀な人でも弱い一面はあるものなのに、藍夏はそれを周りに見せるどころか、感じさせることもなかった。

「まあそれでもいいや、しっかり者の女で通そうって思ってたけど、今日、あなたに全部暴かれちゃったわ、恥ずかしい姿を、ふふふ」

ここでようやく藍夏は笑ってこちらを向いた。湯気にあてられてピンクに上気した乳房がブルンと揺れた。

「すいません、自分を抑えられなくて」

「謝らないでってば。いいの私、すごくすっきりした気分よ」

仕事で勇也が落ち込んだときに励ましてくれたときと同じ口調で藍夏は言って、両手をうえに伸ばして背伸びした。

彼女はすがすがしい表情をしていて、勇也は救われた気分になった。

「ありがとうね。私の気持ちを楽にしてくれて」

藍夏はそのまま肩が触れあう距離にいる勇也に顔を近づけ、唇に軽くキスをしてくれた。

「そんなお礼をいうのは僕のほうですよ、すごく気持ちよかったです」

「や、やだ、そんな風に言わないで」

勇也の言葉に、藍夏は上気した顔をさらに赤くして腰をよじらせる。

そんな姿がなんとも男心をかきたてた。

「もっと知りたいって思っちゃだめですか？　ほんとうの主任を」

勇也はまた心の昂ぶりのままに目の前でフルフルと揺れている藍夏の乳房に手を伸ばしていった。

「あっ、やん、ああ、いいよ、でも、もう主任はやめて、さっきみたいに藍夏って呼んで、ああん」

重量感のある下乳の辺りを軽く指でつついたあと、色素の薄い乳頭部を弾くと藍夏は背中をのけぞらせた。

切れ長の瞳が一気に妖しくなり、タオルを乗せただけの腰がクネクネと揺れた。

「藍夏さんのこの巨乳は何カップなんですか？」

女上司にこんな質問をするのは怖いと本心ではびびりながらも、勇也は横から両腕を伸ばして乳房を揉み乳首を指で強くつぶした。

わざわざこんなことをしているのは、藍夏が本音《ほんね》を暴き出して欲しいと思っているように感じたからだ。

「あっ、あああん、Ｆカップよ、あっ、あああ、乳首だめ、あああ」

ビクッと背中を引き攣らせて驚いている様子の藍夏だったが、勇也の質問には素直に答えている。

バストのサイズは真梨乃よりもワンサイズ小さいが、身体がかなり細身のため、遜色《そんしょく》ない大きさに思えた。

「ここもさっきすごくエッチでした」

素直な姿を見せる女上司に勇也も調子が出てきて、こんどは彼女の股間を隠しているタオルの下に手を入れた。

「ひあっ、そこは、あっ、いやん、あああ」

まだ先ほどの絶頂の余韻が残っているのか、少し口を開いていた膣口に指を押し込んで掻き回す。

タオルの下からクチュクチュという粘着音があがり、藍夏の色っぽい声が、湯の中に響き渡った。

「こっちを見てくださいる藍夏さん」

恥じらう彼女に変なスイッチが入ってしまった勇也は、片手で寄り添うように浴槽の縁に座る彼女の媚肉を激しく責めながら、もう一方の手であごを持って自分のほうを向かせた。

すでに蕩けきっている藍夏の瞳を見つめながら、どんどん追い込んでいく。

「ああっ、はうん、ああっ、気持ちいい、あああん、やん、どんどんエッチになっちゃうよう、あああ」

信じられないような甘えた声を出して、藍夏は勇也にしなだれかかってきた。

その半開きになったまま荒い息を漏らしている唇に、勇也はたまらずにキスをして舌を絡ませた。

「あん、んんんん、んんんん、んんん」

藍夏は躊躇《ちゅうちょ》なく勇也の舌を受け入れると、自分も積極的に吸ってきた。

媚肉がキュッと締まり始め、勇也はそこに激しく指をピストンした。

「んんんん、んく、ぷはっ、あああん、だめっ、あっ、あああ」

ディープキスに溺れていた藍夏だったが、耐えきれないように唇を離して大きく喘いだ。

タオルを乗せたまま大きく開いている長い脚が、何度も引き攣っている。

「あああ、勇也くん、あああん、ねえ、私ばっかりじゃ、いや……」

そばにある勇也の腕を握って、藍夏は切なげな顔を向けてきた。どんどん淫らに堕《お》ちていきたい。彼女の顔がそう言っているように思えた。

「うん、じゃあ僕のチ×チンを愛してください」

「はい……」

うっとりとした顔で頷いた藍夏は浴槽の縁から降りて、温泉の中に膝立ちになった。

細身のしなやかな身体を、座ったままの勇也の両脚の間に入れて、一度、潤んだ瞳でこちらを見つめてきた。

「あんまりしたことないけど……ごめんなさい」

なんだか彼女のほうが勇也よりも下の立場であるような態度を見せながら、藍夏はゆっくりと唇を開いていった。

ピンクの舌が伸びてきて、すでにいきり立っている亀頭の先端に触れた。

「うっ、藍夏さん、いいよ、気持ちいい」

藍夏の舌が亀頭を這い回っていく。確かにたどたどしさはあるが、気持ちのこもった熱い舐めかただ。

「あああ、どうすればいい？　勇也くん」

こんどは指で竿の部分を握ってしごきながら、藍夏は潤んだ瞳で見あげてきた。

湯の中に腰から下を浸《ひた》して上体を前屈《まえかが》みにしている彼女の前で、乳房が揺れ、それが水面に触れそうだ。

「亀頭の裏側を舐めてください」

「こ、こう？」

熟女と言っていい年齢だが、純情な少女のような表情を見せながら、藍夏は男の敏感な裏筋を舐め始めた。

ここでもやけに熱がこもっていて、鼻から息を漏らしながら懸命に舌を動かす。

「そう、そこいいよ、くうう、最高だよ藍夏さん」

舌のざらついた部分が亀頭の裏を擦りあげると、強い快感が背中を駆け抜けていく。

同時に、いつもセックスの匂いすら見せない女上司が一生懸命に自分のモノに奉仕しているかと思うとたまらなかった。

「こんどはしゃぶってもらえますか？　ただ無理には……」

身も心も燃えあがった勇也は藍夏にさらなる要求をした。ただモノが大きいので馴れていない彼女には少し辛いのではないかという思いもあった。

「なんでも言って勇也くん。いいえ、して欲しいことを命令して」

いつしか藍夏は勇也に従うことに昂ぶりを覚えたのか、うっとりとした表情で見あげながら声を少しうわずらせて訴えてきた。

水面近くで小さく揺れている巨乳の先端はさっきまでよりも硬く尖り、瞳もさらに妖しく潤んでいる。

「うん、じゃあなるべく深くまで飲み込むんだ」

「ああ……はい……」

はっきりとした声で命ずると、藍夏は湯に半分浸した白い身体をブルッと一度震わせたあと、大きく唇を開いた。

そして巨大な勇也の亀頭にも怯まずに、怒張を口内に飲み込んでいった。

「んんん……くふ、んんんんん」

大胆に頭を押し出し亀頭部を喉奥《のどおく》にまでいざなった藍夏は、舌まで絡ませてきた。

そして上半身全体を動かして大胆にしゃぶり始めた。

「すごい、ううう、藍夏、気持ちいいよ、ううう」

つい呼び捨てにしながら、勇也は浴槽の縁に尻をおろしている身体を引き攣らせた。

柔らかい口内の粘膜に亀頭が擦られ、喉奥の少し固い部分に先端がぶつかる。

快感はあまりに強く、苦しいのではないかと心配しながらもひたすらに身を任せていた。

「んん、んんく、んんんん、んくう、んん」

藍夏のほうもどんどんしゃぶりあげに熱中している。豪快に頭を揺すり頬をすぼめて吸いついている。

息づかいは荒くなっているのだが、その瞳は恍惚《こうこつ》としていて上目遣いに勇也を見つめ続けていた。

「美味しいの？　僕のチ×チン」

調子に乗りすぎかと思いながらも、勇也は表情まで蕩けさせている女上司に聞いた。

「んんん……ぷは……ああ……うん、よくわからないけど、これがお口の中にあるとすごく安心できるの」

肉棒を口から出して消え入りそうな声でそう答えながら、藍夏は肉竿を手でしごき亀頭部をチロチロと舌で舐めている。

ピンクの舌の動きも、まるで肉棒を味わうようにねっとりと絡みついていた。

「こんどはどこに欲しいの？　藍夏は」

そんな彼女がずっと温泉の中にある引き締まった桃尻をくねらせていることに気が

ついた勇也は、続けてそんな質問をした。

「ああ……それは……私……」

さすがにそれは恥ずかしいのか、藍夏はむずがって視線を背けた。

「ちゃんと言葉にして伝えてよ。そうだね、そこの壁際《かべぎわ》に立って入れて欲しいところを見せながら言ってもらおうかな」

「そ、そんなあ」

勇也は大人の男二人が並んで寝そべることが出来る広さの浴槽の反対側、壁のほうを指差していった。

温泉の熱と性の昂ぶりでピンクに染まっている顔をさらに真っ赤にして、藍夏はなよなよと首を振った。

「なんでも命令してって言ったのは藍夏でしょ。さあ早く」

ここでようやく浴槽の縁から立ちあがった勇也は、藍夏の手を引いて浴槽の反対側に連れて行った。

そして壁にお尻や背中を押しつける形で立たせ、さらに足元にある浴槽の縁に左脚をあげさせた。

「ああ……こんなかっこう」

右脚は真っ直ぐ湯の中に伸ばして片脚立ちの形になった藍夏の、漆黒の陰毛やその奥までが湯気の中で丸出しになった。

お湯なのか愛液なのかはよくわからないが、ピンクの肉ビラや媚肉が濡れてヌラヌラと輝いていた。

「どこに入れて欲しいのかまだ教えてもらってないよ。ちゃんと自分の指で開いて」

彼女にすべてを勇也に晒したいという思いがあるのはわかっている。

あえて自分は彼女に指一本触れずに、お湯の中にしゃがんでそこを見あげた。

「ああ……いや……ああん、でも、あああぁ」

店舗跡を改造した広い浴室に温泉が流れ落ちる音と、美人上司の切ない喘ぎ声だけが響く。

彼女が背中を預けている壁の向こうはちょうど商店街の通りになる。いまの時間だとまだ誰か歩いているかもしれない。

そんな中で淫靡な行為をしていると思うと、勇也も奇妙な興奮を覚えた。

「ちゃんとどこになにを入れて欲しいか言葉にして、その場所を開くんだ」

あえて自分は言葉にせずに藍夏に要求する。彼女の淫らな欲望をとことん煽りたてて性感を燃えあがらせるためだ。

「あ、勇也くんの意地悪、ああ、でも、ああ、欲しいの、はあん」

甘えた声と半泣きになった藍夏の顔。会社の人々が見たら腰を抜かすかもしれない。

そんな彼女は唇から湿った息を漏らし、指で自分のピンクの花弁を左右に開いた。

「あ、ああ……藍夏のオマ×コに勇也くんのおチ×チンが欲しいの、ああ、奥まで入れて、あああん」

とんでもない淫らな単語を口にしながら、藍夏はもう興奮を極めたような喘ぎをあげてのけぞった。

「うん、いくよ」

いまこのタイミングだと、勇也は素早く立ちあがり、藍夏のFカップの乳房に自分の胸を合わせて怒張を突きあげた。

「あああああん、来た、あああああん、これ、すごいいいいい」

屹立した肉茎が、濡れそぼる媚肉を引き裂いて、一気に最奥に達した。

すぐに切羽詰まった声をあげた藍夏は、頭をうしろの壁にぶつけながらのけぞった。

「藍夏のオマ×コ、すごく吸いついてくるよ」

肩を懸命に掴んできた女上司と向かい合いながら、勇也は腰を巧みに動かしてピストンを始めた。

二度目も媚肉は強い吸着力を見せていて、亀頭のエラや裏筋を擦っていた。

「はああん、あああっ、勇也くんのおチ×チンが硬くてすごいからあ、あああん、お腹まで来てるよう、あああ」

浴槽の縁に持ちあげた左脚を引き攣らせ、藍夏はひたすらに喘ぎ続ける。

焦らされていた蜜穴に硬化した剛棒が突きあげられるたびに、もう心まで崩壊させている様子だ。

「オマ×コ気持ちいいのか、藍夏」

勇也のほうもこの女をとことん自分のものにしてやるという支配欲のような感情に取り憑かれ、目の前のFカップを揉み、腰を回転させて怒張で媚肉を掻き回した。

「ああ、いい、あああああん、気持ちいい、あああん、オマ×コをおチ×チンでされるのいい、あああん、あああ」

勇也の暴走に飲み込まれ、こちらも牝の淫欲を全開にしている藍夏は、大きく唇を割ってよがり泣く。

恥ずかしい言葉も躊躇なく叫び、勇也の肩に爪を立てながら、浴室に切羽詰まった喘ぎ声をこだまさせた。

「ここだね、藍夏、奥がいいんだろう」

これだけ大きな声で喘いだら壁の向こうの商店街まで聞こえているのではないかと心配になるが、勇也ももう止まれない。

逆にいっそ聞かせてやれという開き直るような感情まで湧きあがり、目の前の藍夏のモデルのようなラインの身体を抱きしめ、開かれた股間に怒張をぶち込んだ。

「ああああっ、はああん、イク、あああっ、藍夏、またイッちゃう、あああ」

勢いの強いピストンに藍夏はすぐに限界を迎え、切れ長の瞳を潤ませて勇也に訴えてきた。

「イッていいよ、僕ももうすぐ出そうだ、くう、藍夏のオマ×コが気持ちいいから」

ほんとうに藍夏の媚肉は大量の愛液を分泌しながら、怒張に強く膣壁を密着させてくる。

それは亀頭が奥へと吸い込まれるような感覚で、二度目だというのに勇也はもう頂点を迎えようとしていた。

「ああああん、そのまま出してえっ、あああん、さっきは言えなかったけど、あああ、今日は大丈夫な日だからあ、あああ」

一度目はそんなことを口にする余裕はなかったのだろう。ただいまの藍夏も何度も背中がのけぞるくらいの快感に溺れていて、その言葉もどうにか振り絞ったという感じだ。

「出すよ。藍夏の中に俺の精子を」

そんな彼女にさらに心を燃やした勇也は、もう身体ごと上下に動かして怒張をピストンさせた。

「あああっ、来てぇ、ああああん、藍夏の奥に出してえええ、ああ、イッちゃう」

浴槽の縁に左脚をあげた身体をのけぞらせ、藍夏は一気に頂点に向かう。

二人の身体の間で汗ばんだ巨乳が激しく波を打ってバウンドしていた。

「あああああ、イクうううううっ」

勇也の肩を強く摑んだあと、藍夏は絶頂を極める。同時に唇を勇也の首筋に押しあてて吸いついてきた。

「くうう、僕も、イク、イク」

その強い吸引に反応し勇也は立位の女体の奥深くにまで怒張を突っ込んで射精した。

ビクビクと竿全体が脈打ち、熱い精液が発射される。

「んんんん、んくうう、ぷはあ、ああああっ、すごい、たくさん出てる、ああ」

痕《あと》がつくほど吸っていた勇也の首から唇を離した藍夏は、また壁に頭がぶつかるくらいにのけぞりながら歓喜している。

射精を受けるたびに彼女の媚肉もビクビクと脈動して、怒張に絡みついた。

「藍夏のオマ×コすごいよ、ああ、出る、まだ出るっ！」

その動きに煽られるように、勇也の肉棒は何度も発射を繰り返す。蕩けるような快感に腰が震え、立っているのも辛いくらいだが、藍夏のうしろの壁に手をついてどうにか身体を支えながら射精した。

「来てえ、あああん、藍夏のオマ×コ、ああん、精液でいっぱいにしてえ」

そして美人上司はまさに淫女の顔を見せつけながら、いつまでも片脚立ちの白い身体を震わせている。

その瞳は悦楽に蕩けきっていて、身も心も歓喜に浸りきっているように見えた。

第三章　年下美女の誘惑

「ごめん、今日は昔の資料をあたらないといけないから、ちょっと付き合ってもらえるかな」

終業時間も近づいたころ、オフィスの勇也の机に近づいてきた藍夏が両手を合わせて申しわけなさそうに言った。

昔の資料とはまだ電子化されていない、手書きで綴られたもので社内の資料室にファイルされている。

「は、はあ、いいですけど」

ただここ十数年のものはすべて電子化されているので、資料室に行くのは年に一度か二度といったところだ。

もちろん藍夏からこんなことを頼まれたのは初めてなので、勇也は少し驚きながら返事をしていた。

「ふふ、ありがとう。なんかお礼するわね」

少し意味ありげな笑みを浮かべた藍夏はくるりと振り返って歩いていった。

いままではパンツスーツ姿ばかりだったが、最近はスカートを穿くことも多く、形のいいヒップや膝下の長い脚が強調されていた。

「最近、ちょっと柔らかい感じになったわよね、主任。彼氏でも出来たのかな」

勇也の隣の席は女性社員だ。勇也よりも一歳年下の彼女がぼそりとそんなことを呟いた。

「さ、さあ、そうなのかな……俺は鈍いからよくわからないけど」

ドキリとして勇也は声を少しうわずらせてしまい、隣の女性が不思議そうにこちらを見てきた。

勇也と藍夏は正式に交際しているというわけではないが、あの雨の日のあと、何度か身体を重ねている。

だから藍夏が変わったとすれば、その理由は勇也だ。

「わかるよ、ちょっとどっきりするのよな」

「え、ええ……ナニガデスカ……」

こんどは反対側の隣に座る先輩男性社員が、勇也にだけ聞こえるように囁いてきた。

どっきりと言われて勇也は完全にあせってしまい、返事が片言の外国人のような発音になってしまった。

「なんだよ、変な奴だな。色っぽくなったって言ってんだよ。あれは夜の生活が充実してる証拠だよ」

すでに結婚して子供もいる先輩はしたり顔でそう言った。

「そ、そうっすかね……俺はほんとわかんないです」

もしかして二人の関係を知られたのではと驚いていた勇也は、少しほっとして息を吐いた。

確かにスカートも穿くようになった藍夏は、以前は感じなかった熟した色香を全身から発していて、彼女の裸体を知る勇也ですらも社内なのに見とれてしまうときがあった。

「あー、男同士でスケベな話してるでしょ。セクハラですよ」

顔を寄せ合って放す男二人に、女子社員が文句を言ってきた。

「なんだよ、普通の話だよ、気にしすぎ。なあ石川」

先輩と勇也はすぐに離れて、自分のパソコンに向き直った。

「そ、そうです。お仕事の話ですよね」

藍夏の話題が終わり、ボロが出なかったことにほっとしながら勇也も前を向いた。

終業後、残業という形で勇也は呼び出された資料室に向かった。先に来ていた藍夏とファイルをチェックし、すぐに目的の資料は見つかった。

「んんんん、んく、んんん、あふ……んんんん」

資料探しは終わったというのに、勇也は灯《あか》りの弱い資料室の壁側に背中を預けて立っていた。

ズボンもパンツも足首までおろされ、その前に膝をついた藍夏に怒張をしゃぶられている。

「んんん……ああ……あふ……今日もすごく硬い」

口に含んでいた怒張を一度吐き出した藍夏は、亀頭をペロペロと舌で舐めながら妖しい笑みを浮かべた。

資料探しが終わると同時に藍夏に資料室の奥に追いやられ、下半身を裸にされて吸いつかれたのだ。

「まずいですよ主任。残業中なんですから」

ご多分に漏れず、残業に関しては勇也の会社もうるさくなっている。よけいな残業をしないようにと人事部からお達しも出ているのに、淫らな行為など許されない。

そもそも社内で上司と部下がこんなまねをしているのがバレたら、クビになってもおかしくないのだ。

「あん、そうね。私、勇也とエッチするようになってから、どんどん悪い子になっていっているわ」

誰かに見つかったりしたら終わりだとあせる部下に対し、この女上司はずいぶんと腹が据わっている。

膝を床についていることでタイト気味のスカートがぴったりとはりついているお尻を揺らしながら肉棒を堂々と舐め、ブラウスも暑いからとボタンを外してブラジャーが覗いていた。

「ええ、俺のせいですか、うっ、くうう」

はだけた胸元から白のブラジャーを覗かせながら、藍夏は再び大きく唇を開いて亀頭を飲み込み、舌を裏筋に擦りつけてきた。

甘い快感にズボンやパンツを引き下ろされた下半身が震え、勇也は息を詰まらせた。

「あふ、んんん、んふ、ん、ん、んん」

ビクビクしている勇也にお構いなしに、藍夏はフェラチオに没頭している。

唾液を亀頭に絡ませながら頬の裏を押しつけ、黒髪を揺らし頭を大胆に振ってきた。

「くううう、ああ、主任、くうう、それは、うう」

もう藍夏はかなり勇也の巨根にも馴れている感じで、ツボを心得た舐めかたになっている。

性感を煽りたてられた勇也は、自ら怒張を突き出すようにしながら、激しい吸いあげに身を任せるのだ。

「んんん、くふん、んんんんんん」

巨大な肉棒がさらに喉のほうに入っても、藍夏は怯みもせずに頭を前後に動かす。

オフィスでは鋭さすら感じさせた切れ長の瞳も妖しく蕩け、頬や耳はもう真っ赤だ。

さらに彼女は自らブラウスのボタンを外してブラジャーをずらし、剝き出しになった巨乳を勇也の太腿に押しつけてきた。

「ううっ、主任のおっぱい、うう、柔らかい」

藍夏の形のいい乳房が勇也の肌のうえで押しつぶされる。Ｆカップのバストの感触を勇也が好きだというのを知ったうえで、藍夏はそうしているのだ。

美しい女上司の挑発に乗せられ、勇也も欲望に溺れていった。

「んん、ぷはっ、ねえもう主任って言っちゃいや。藍夏って呼んで」

怒張から唇を離した藍夏は、切なそうに腰を揺らして訴えてきた。

もちろんだがオフィスでは主任と呼んで敬語で接しているが、最初の行為のときに呼び捨てにしてと言われてからはずっと、二人になったらそうするように強く求められていた。

「藍夏はいやらしい女だ。乳首もそんなに勃《た》たせて」

整った唇を唾液まみれにしてしゃがんでいる美人上司に、勇也はきつめに言った。

「ああ……うん……藍夏はだめな女よ。すごくエッチなの」

真面目一筋に生きてきた、親からそうするように言われて従ってきた自分を壊したい。勇也の手によって淫女に堕とされたい。

二人のときの藍夏はそんな願望を剥き出しにする。はだけたブラウスの間から突き出した巨乳が横揺れするぐらい腰をくねらせて藍夏は切ない息を吐くのだ。

「じゃあもっとエッチになれ藍夏。そこの棚に手を置いてお尻をこっちに向けるんだ」

「ああ……はい……」

まさに立場が逆転したような物言いをされても、藍夏はうっとりとした顔で立ちあがり、こちらに背中を向けて目の前のスチール棚に手をついた。

「勇也、ああ……今日もそのおチ×チンでほんとうの藍夏にして……」

白のブラウスに黒のタイトスカートの美熟女は、顔だけをうしろに向けて呟いた。

半開きの唇からは絶えず湿った息が漏れ、瞳は蕩けて目尻がさがっている。

「どうしたの？　ちゃんと藍夏が言ってくれないとわからないよ」

彼女の気持ちはもちろん理解しているが、あえてそう聞いた。

「ああ、エッチな女になりたいの。会社でセックスするだめな人間にして欲しい」

堕落したいという願望を藍夏はさらに強くしている。勇也の巨根に狂わされよがり泣くとなにもかも開放されて気持ちも軽くなると言っていた。

もちろんだが勇也のほうも乱れ堕ちていく女上司を見ると、肉棒がはち切れるかと思うくらいに昂ぶった。

「じゃあ自分でスカートをまくって、もっとお尻をこっちに出すんだ」

「あん、は、はい……」

自分の悪い行いにさらに興奮を深めているのだろうか、藍夏は一度うしろを見たあと軽い喘ぎ声を漏らしながら自らスカートをまくりあげ、白いパンティに包まれたヒップを突き出した。

形のいい桃尻に食い込む白いパンティの股間から、淫靡な匂いが漂う。それ以上に勇也が気になったのは、顔をこちらに向けた際に藍夏の濡れた唇が震えていたことだ。

「一気にいくよ」

彼女の心は狂わんばかりの欲望に燃えているのだろうか。勇也はパンティを豪快に引き下ろし、ピンクの女肉を剝き出しにする。

もう確認するまでもなく、愛液を溢れさせて膣口が開いている。そこに向かって勇也はいきり立つ怒張を押し出していった。

「ああああっ、はうん、あああん、硬いわ、あああ、これ、ああああん」

立ちバックの体勢で腰を九十度に折った藍夏は、開き気味の長い二本の脚を震わせながら喘いだ。

媚肉のほうも強く歓喜していて、彼女の特徴である吸いつくような感触があった。

「藍夏の中もすごくいいよ、奥まで入れるからな」

蕩けるような女上司の膣に勇也は声を震わせ、目の前のヒップを握りしめた。

そして本能のままに怒張を強く最奥に向かって打ち込む。

「ああああっ、来てえ、あああああ、あああん、これ、ああああっ!」

この資料室はオフィスがあるビルの最上階のいちばん奥にあるので、誰かが来るような心配はほとんどないが、これだけ大きな声を出したら気づく人間がいるかもしれない。

もちろん藍夏もそんなことはわかっているのだろうが、抑えきれないのか、ほとんど絶叫のような喘ぎを響かせている。

「会社でこんなに感じて、変態だ藍夏は」

勇也も昼間は凛とした女上司が乱れ狂う姿を少しでも長く見ていたいが、早めに終わらせたほうが良さそうだと、乱暴な言葉をあえてかけながら強いピストンを始めた。

「ひうっ、あああん、すごいっ、あああ、そうよ、ああ、藍夏は悪い子なのよう」

親の言いつけで真面目一筋に生きてきた自分が崩壊するとき、藍夏はもっとも牝の欲望を燃やす。

スチール製の棚板を摑んだ美熟女は、ブラウスの間から露出した巨乳を踊らせながら、何度も背中をのけぞらせている。

「そうだ藍夏は悪い上司だ。狂うまで突いてやる」

腰を九十度に曲げた女上司の白尻に向かい、勇也はこれでもかと腰を振りたてた。

薄明かりの資料室に濡れた女肉に怒張が出入りする粘着音が響き、勢いが強すぎたのか藍夏が身体を預けているスチール棚がギシギシと音を立てた。

「ああっ、そうよ、あああん、私はスケベで最低の上司なの、部下にこんなことを」

黒髪もすっかり乱れた藍夏だが、勇也は腰を折った上体の下でFカップのバストを踊らせながら、顔を振り返らせた。

ピンクに染まる頬、半開きの濡れた唇。そして完全に蕩けきっている切れ長の瞳。三十三歳の女の悦楽に溺れた表情に、勇也はゾクリと背中を震わせた。

「可愛いよ藍夏。綺麗でいやらしく最高の女だ」

心の昂ぶりに肉棒も反応し根元が強く締まってきた。勇也はさらに強く藍夏の張りのある尻たぶを握りしめながら、腰を振りたてた。

「ひああん、嬉しい、こんな私を可愛いって言ってくれて、あああ」

床に伸ばした長く白い脚をくねらせながら、藍夏はどんどん溺れていく。

まさにずっと隠していた自分のほんとうの姿を勇也の前でだけ晒している。それが心から嬉しかった。

「もっと狂え藍夏」

勇也も力を込めて怒張をピストンさせる。濡れ落ちた膣奥を巨大な亀頭が激しく掻き回した。

「ひあああん、はいい、あああっ、藍夏、ああっ、もうおかしくなるっ、イクぅ！」

棚板を掴んだ二本の腕の間に頭を落とし、藍夏は絶叫した。媚肉も一気に狭くなる。

「イケ、イクんだ藍夏」

一気に感極まった藍夏に呼応して勇也もピストンを速くした。

勇也の腰が強く彼女のヒップにぶつかり、汗に濡れた尻肉が激しく波を打った。

「イク、もうイク、ひあああ、イクぅぅぅぅぅ」

ピンクの膣口の肉がめくれあがるくらいに激しく、野太い肉茎が出入りし、愛液が無機質な床に飛び散る中、藍夏は限界の雄叫びをあげた。

腰を曲げた身体を大きくのけぞらせ、剝き出しになっているFカップの巨乳を踊らせて絶頂を極めた。

「あああっ、あああああ、すごいいいい、あああん、あああ」

回を重ねるごとに藍夏のイキっぷりは激しくなっているように思う。

今日も意識をさまよわせるように瞳を虚ろにしたまま、天井を見あげて服が絡みついている感じの立ちバックの身体を痙攣させている。

「くうう、俺もイク、出すぞ、藍夏」

彼女は避妊薬を飲んでいるため、いつも中で射精している。最後の一突きとばかりに強く怒張を膣奥に押し込み勇也は腰を震わせた。

「あああっ、来てるわ、あああああ、勇也の精子、あああ、熱いよう、ああ」

恍惚《こうこつ》とした顔で藍夏は自ら尻を突き出しながら、膣内射精を受けとめている。避妊薬も中出しもすべて彼女の希望だ。勇也の精子が自分の中にはいる瞬間がたまらないと言っていた。

「出すよ、ううう、たくさん、くう」

怒張の根元を激しく震わせて、藍夏の奥に勇也は何度も射精した。

吸いつく感触の藍夏の女肉を、大量の精で満たしていった。

「ああ、あうっ、あああ、たまらない、あっ、ああ……」

断続的に身体を引き攣らせていた藍夏が、へなへなと床に座り込んだ。

腰までスカートがまくれあがったまま、丸出しになっているヒップが落ちていき、怒張がずるりと抜け落ちた。

「ああ……はあはあ……ああ」

「大丈夫？　藍夏」

床にへたり込んだ状態の藍夏の股間から、白い精液が床に流れ落ちている。

それはあとで拭けばいい。行為が終わったあとも呼吸を激しくしている彼女のほうが心配だ。

「平気……ああ……またすごく恥ずかしい姿を勇也に見せちゃった……ごめんね」

一応謝ってはいるが藍夏は満足そうな表情をしている。勇也にだけは自分のすべてを晒したい、その思いが満たされているのだ。

「いいよ、すごく可愛かったよ、藍夏」

勇也も彼女の横にしゃがんで細身の上半身を抱き寄せる。まだ快感の余韻が残っているのかピンクの乳首が尖ったままのFカップがプルンと揺れた。

「ねえ、藍夏……俺……」

まだ荒い息を吐きながら勇也にしなだれかかる女上司に、小さな声で囁く。

藍夏とは正式に付き合うとか話があったわけではない。ただもう一人、いまも関係が続いている真梨乃のことは伝えないとと思っていた。

どちらを選ぶとかではない。そういう存在の女性がいるというのを、いつまでも藍夏に秘密にしているのは心苦しかった。

「ねえ、勇也、キスして」

藍夏は顔を起こすと目の前にある勇也の唇を塞いできた。彼女の唇が強く押しつけられ舌が差し入れられる。

「んんんん……んく……んんんん」

話を遮《さえぎ》られたまま、二人は強く舌を吸いあう。藍夏は勇也がなにか話そうとしているというのを察知したようだ。

勘のいい彼女は真梨乃の話を切り出そうとすると、いつも身を躱《かわ》してしまう。

(でもいつかはちゃんと話さないと……)

藍夏の本音がどこにあるのかはわからない。ただこのままでいいはずもないと思いながら、勇也は彼女の柔らかい唇に身を任せるのだった。


数日後の木曜日。仕事を終えた勇也は商店街のアーケードに入った。

裏口からでも入れるが自分の車を止めている駐車場からは、アーケード側の入口から入ったほうが早かった。

「あらお帰り勇也くん。お夕飯まだなら持って帰る？　おでん」

商店街の入口にほど近い真梨乃の店から声がかかった。平日の夜であるいまは、休日のように客でごった返す喧噪《けんそう》はない。

「ちょうどいい感じに味が染みこんでるよ」

いつものようにジーンズにブラウスのうえからエプロンを着けた真梨乃は、にっこりと笑って店から出てきた。

土日にここを手伝う日々は続いていて、給料を受け取ってもらえないからと、なにかと真梨乃は世話をやいてくれていた。

「ありがとう。真梨乃さんのところのおでん美味《おい》しいもんね。あれ？　おじさんは」

真梨乃の家のおでんは商品ではなく家族用で、真梨乃の父が仕込みをする。大きな鍋を焼きそば用の鉄板に載せてじっくりと火を通すからか、出汁《だし》がよく染みこんで美《う》味《ま》かった。

「ああ、もう呑みに行っちゃった。今日は後片付け頼むって言ってね」

まあここのところ忙しかったから少しはね、と真梨乃はウインクした。その表情はもう熟女と言っていい歳なのに可愛かった。

「真梨乃さんも、少しは休みなよ」

忙しい日々が続いているのは真梨乃も同じだ。定休日も買い出しや仕込みに大変なのは知っていた。

「そんなことを言ったら勇也も同じだよ。いつもお休みの日も手伝ってくれて」

おでんを器に入れてラップをした真梨乃が、店前に出て来た。

ムチムチとした身体は最近また色香を増したように見えた。

「俺は平気だよ。若いし」

「なによ、私はおばさんだって言いたいの？」

勇也の前に立った真梨乃はアーケードの人通りが途絶えているのを確認したあと、勇也のシャツの袖を摑んできた。

「そんなこと言ってないよ、真梨乃さんは……」

若くて素晴らしい女性だと言いかけて、勇也は言葉を飲み込んでしまった。

一瞬、頭の中に藍夏の姿がよぎったのだ。

「ん？　どうかした。あ、なにか他のこと考えてたでしょう」

女性というのは勘が鋭いのか、勇也の様子がおかしいと真梨乃は察したようだ。

「なにも考えてないよ。真梨乃さんはいつも綺麗だなって」

勇也はここでもごまかすような言葉を口にしてしまった。どうしても藍夏の存在を口に出来ない自分が情けない。

「ふーん、じゃあこれ、あとで食べるならちゃんと温めてね」

おでんが入った器を勇也に差し出しながら、真梨乃はなんだか意味ありげな笑みを浮かべた。

「う、うん、ありがとう」

二人の女性に対して、どちらにもいい顔をしようとしてしまう自分に自己嫌悪しながら、勇也はおでんの入った器を受け取った。

勇也はその後も、平日は働き休日は真梨乃のお店を手伝うという日々を送っていたが、だいぶ客足も落ち着いてきたのと、馴れてきて忙しくなる時間がわかってきたので、以前とは違い、手伝いの時間自体は減って一、二時間程度になっていた。

（今日は定休日か……）

勇也のほうはそんな感じなので疲れはないが、真梨乃やその父はあまり休めていないように思う。

平日にまとめて休んでのんびりすればいいのにと、今日はシャッターが降りている真梨乃の店を見つめて、仕事帰りの勇也は思った。

「ん？」

まだ夕方の日が暮れる時間なので、商店街のお店はけっこう開いていて、人々も行き交っている。温泉が出る前はこれより早い時間帯でも人影がないことも多かった。

そんな中に勇也は松葉杖を歩く小柄な女性を目にとめた。

「あっ、勇ちゃん」

松葉杖の女性のほうも気がついてこちらに手を振った。ショートカットの黒髪に大きな瞳、笑うとえくぼが出る丸顔が印象的な可愛らしい感じの美女だ。

「奈緒《なお》ちゃん、帰ってたの？」

右側にだけ杖を突いた女性は勇也も知った顔だ。この中町商店街にある八百屋の娘で勇也よりも二歳年下の島内《しまうち》奈緒だ。

中学高校と勇也と同じ学校の後輩だった奈緒は、その後東京の大学に進学し、卒業とほぼ同時に向こうの男性と結婚したと聞いていた。

「どうしたの、それ？」

今日は少し寒い日なのでダウンジャケットにロングスカートの奈緒の足元を見ると、右の足首に包帯が巻かれていた。

「ちょっと捻挫したんだよ。新しく出た温泉がケガにも効くって聞いて、帰って来たの」

ここに住んでいたときと変わりない、明るい笑顔とハキハキした声で奈緒は笑った。高校のときは陸上部に所属していて、グラウンドを駆け抜ける美少女はいつも皆の注目の的だった。

「ああ、そうだよ、足湯なら入り放題だよ」

久しぶりに見る奈緒は可愛らしさに大人の色香も加わったように見えた。特にロングスカートを穿いていても大きく盛りあがっているお尻の迫力がすごい。

勇也はつい見とれてしまう。いま現在も二人の女性の間で揺れ動いているというのに、また別の女性を、しかも幼馴染みで妹のような存在の彼女の身体を見てしまう自分が恥ずかしくなった。

「会長に鍵を借りたら夜でも入れるから、連絡してみたらいいよ」

商店街の中に造られた足湯は、例の母の店舗が建っていた場所を一度更地にしてから源泉をあげるポンプ施設の隣に造られた。勇也はその土地も含めて売ったのだ。

真ん中から源泉が湧く浅めの浴槽を、二十人は座れるベンチが取り囲み、そのうえに屋根を設《しつら》えた半露天の趣《おもむき》がある施設だ。

誰でも無料で入り放題だが、夕方の五時には門を閉めて終了する。ただ商店街の人間だけは鍵を借りて夜でも入れた。

「えー、それはそうだけど、どうせ入るなら全身浸かりたいよねえ」

「それなら、あそこの温泉施設だよ。家族パス、おじさんは持ってないのかな」

いまや商店街の客足を支えているると言っていい温浴施設は、近所の住民たちに格安で入り放題のパスを販売している。

たしか家族なら誰でも使用できるはずだったが、勇也は自宅に温泉があるので購入していないため、はっきりとは知らなかった。

「たぶん持ってると思うけど、脚痛いしねー、他のお客さんに気を遣わせるしねー」

なんだか変な言いかたをしながら奈緒は勇也のほうをちらりと見てきた。

「どこかに一人で入れて、ゆっくり浸かれる温泉があればいいのにねー、勇也先輩に教えてもらおうかなー」

棒読みのセリフのような調子で言って、また奈緒がこちらを見てきた。

「なにが勇也先輩だよ。さっきは勇ちゃんって言ってたくせに」

どうやら奈緒は、勇也の家の一階にプライベートの温泉があることを知っているようだ。源泉が湧いてからの過程もあり、家の浴場の存在を商店街の人間は皆知っているから、おそらく両親に聞いたのだろう。

商店街を出たところに温浴施設があり、パスの値段も信じられないような安さで提供されているので、ご近所の人々に入らせてくれと言われたことはないが。

「あー、脚痛いなー」

奈緒は松葉杖で身体を支えながら、包帯を巻いた足首をブラブラと揺らしている。

ほんとうに痛いのか疑いたくなった。

「まったく変わらないな、奈緒ちゃんは」

奈緒とはずっとこんな、仲のいい兄妹のような関係だ。彼女には弟がいるだけなので、勇也をずっと兄のように見ている。

学生のころから、なにか困ったことが起こったときにこうしてよく頼られた。

中学生に戻ったような懐かしい気持ちになって、勇也は吹き出してしまった。

「それならうちの風呂に入っていけばいいよ」

「えっ、ほんと。なんだか要求したみたいで悪いね」

目を輝かせて奈緒は勇也を見つめて言った。

「要求してるだろ」

「えー気のせいだよ。やだあ、私がずうずうしい人間みたいじゃない」

「そのものだろ、あはははは」

わざとらしく唇を尖らせる明るい幼馴染みを見て、勇也は久しぶりに大口を開いて笑った。

「えっ、離婚？」

少年少女だったころと同じやりとりに癒された気持ちの勇也だったが、着替えを取りに自宅に戻ってから再び訪れた奈緒の言葉に目を見開いた。

「そうだよ、腹が立ったから離婚してやったんだよ」

大学を卒業したと同時に当時交際していた社会人の恋人と結婚した奈緒だったが、性格の不一致から喧嘩ばかりになって離婚したと言った。

「そ、そうなんだ」

奈緒もかなり気が強いほうだから、元夫にもなにか言い分はあるのかもしれないが、そこはあえて追及しないようにした。

勇也はもちろん未婚だが、夫婦はいろいろな形があり、他人がどうこう言えるものではないことくらいは知っている。

「おい、もしかしてそのケガは」

いま奈緒は一階にある小部屋に置かれたイスに、先ほどと同じロングスカートにうえはセーターの姿で座っている。

一階のすべてを浴場と脱衣所にするつもりだったが、工務店の人にそれではきっと不便だと言われて、三畳ほどの板張りの部屋も造った。

商店街の側から浴場、脱衣所、小部屋と縦に連なった造りだ。

「あー、このお茶も美味しいねえ」

脚が悪い奈緒を二階に案内するわけにもいかず、その部屋でお茶を出したのだが、離婚してケガとなればＤＶではないかと気になった。

「えっ、ああ、これは離婚のときアイツの車を見てたらイラッときて蹴りを入れたから。そのとき捻挫《ねんざ》しちゃったんだ」

しれっとした顔で奈緒は言ったあと、お茶をすすった。

「蹴りって、ええ……」

車を思いっきり蹴ったら捻挫もするだろう。きっと車もかなりへこんでしまったはずで勇也は元夫に同情したくなった。

「痛むたびに思い出してイライラする。もう結婚はこりごり」

それは自分が悪いのでは、とつっこみたくなったが、火に油を注ぎそうなので勇也は言葉を飲み込んだ。

子供のころから奈緒はとにかく気が強く、陸上部時代は四百メートル走を専門にしていたのだが、負けず嫌いで後半きつくなってからの我慢がすごいと顧問の先生が言っていたのを思い出した。

「それより勇ちゃんは、いい人いないの？」

学生時代、グラウンドを小柄な身体を躍動させて走る美少女を思い出していると、いきなり思いついたようにイスのうえの奈緒が顔をあげた。

「いないよ。ずっと真面目に仕事ばかりの生活だよ」

一瞬、ドキリとしたが、つとめて無表情で勇也は答えた。とくに真梨乃との関係は商店街の面々には秘密なのだ。

「えーほんとうかな。俺の家、温泉あるから入りに来ない？　とか言って、女の人と混浴ついでに中で変なことしてるんじゃないの」

勇也の声色をまねて奈緒はいたずらっぽく笑った。

「な、なにを言ってるんだよ。奈緒ちゃんと一緒にするなよ」

お風呂の中でと言われて勇也は声をうわずらせた。どこかで見られていたのか一瞬ほんとうにそう思ってしまった。

「あれー、怪しいなあ、変な感じ」

真梨乃と同様に幼いころから勇也を知る奈緒は、動揺していることに気がついたようだ。

女たちの勘が鋭いのもあるが、勇也もすぐに顔に出てしまうタイプだ。

「いいから早く入れよ。ほらもう溜まってると思うぞ」

あまり話しているとボロが出そうなので、勇也は脱衣所の扉を開けて浴場の確認にいった。

「まったく、相変わらず俺をオモチャだと思ってるよ」

奈緒を脱衣所に押し込んだあと、勇也は小部屋に戻って呟いた。

昔から奈緒にとって勇也はからかい相手というか、年上とは思っていないところがあった。

「ん？」

小部屋でぼやいていると、すぐそばの裏口を小さくノックする音が聞こえた。

「開いてますよ。あ、真梨乃さん」

家にいるときは裏口は無施錠のことが多いので、そう言いながらドアを開くとジーンズにセーター姿の真梨乃が立っていた。

「久しぶりに一緒にお風呂に入りたいなと思って。あらごめんなさい、誰かいるの？」

ここのところ藍夏とのこともあり、真梨乃となんとなく二人きりになるのを避けてしまっていた。

嬉しそうな笑顔を見せた彼女を見て胸がずきりと痛む。ただ真梨乃は裏口のところに女物のサンダルがあるのに気がついて小声になった。

他の女がどうこうとかいう前に、商店街の人々には二人の関係は秘密だ。

「うん、奈緒ちゃんが脚を捻挫してるから入らせろって。相変わらずだよ」

苦笑いしながら勇也は、もう浸かっていると思うから、そんなに小声にならなくて大丈夫だと言った。

「離婚して帰ってきたって言ってたわね」

「そうなんだよ、捻挫も元旦那さんの車を蹴飛ばして捻《ひね》ったんだってさ」

「あははは、ほんとに？　あの子らしいわね」

真梨乃ももちろん奈緒の性格は昔から知っているので、やりかねないと笑った。

「そう、じゃあ今日はお家のお風呂に入るわ」

ひとしきり笑ったあと、真梨乃は言った。

「え、もう少し遅い時間なら奈緒ちゃんもあがって帰ってると思うよ」

「いいのよ、今日は奈緒ちゃんにお風呂譲るわ、でもね」

こちらに背中を向けかけていた真梨乃だが、あらためて勇也を見た。

「別に私以外の女としてもいいけど、忘れちゃいやよ」

真梨乃は勇也に正対したまま身体を寄せてくると、手を肉棒の辺りに触れさせた。

繊細《せんさい》な白い指がズボンの股間に触れると、それだけで腰に痺《しび》れが走る。

「うつ、忘れてなんかないよ、ごめん」

藍夏との間で気持ちが揺れ動き避けていたが、真梨乃に対しての気持ちがなくなったわけではない。

裏口の向こうは路地で人影はないが、一応気にしながら勇也は真梨乃の腰を抱いた。

「明日は一緒に入ってね、いいでしょ」

彼女にしては珍しく子供のようなわがままを言った。初めて見るその様子に心がギュッと締めつけられた。

「もちろん、早めに帰って待ってる」

「うん、ありがとう。うふふ、でも奈緒ちゃんとしてもいいよ、今日はこれもレンタルかな」

笑顔のままとんでもないことをさらりと口にして、真梨乃は勇也に唇に軽くキスをした。

「な、なにを」

ばかなことをと言おうとしたが、真梨乃は手をあげて早足で帰っていった。

(女はわからん……)

真梨乃との関係を言おうとしたらキスしてごまかす藍夏。そして真梨乃のほうは勝手なことを言って勇也にキスして去っていった。

女たちの考えていることがまるでわからない。まあただ鈍い自分がどれだけ考えても無理かと思いながら勇也は裏口から小部屋にあがった。

「どうわあああああ」

サンダルを脱いで顔をあげると、目の前に身体にバスタオルを巻いただけの奈緒が立っていた。

自分でもどこから出ているのかわからないような呻き声をあげて、勇也は板の間に尻もちをついた。

「いっ、いつからそこに」

「奈緒ちゃんにお風呂譲るのところからよ」

怖い目をして奈緒は床にへたり込んだ勇也を見下ろしている。

真梨乃は外にいたので部屋の中は角度的に見えないし、勇也は背中を向けていたから気がつかなかったのだ。

「私以外の人としてもいいってどういうこと、二人はそういう関係なわけ？」

昼間、奈緒に結婚しないのかと聞いたときにも、相手がいないと言われたと奈緒は勇也に迫ってきた。

「そ、それは……」

結婚するつもりがない以上、少なくとも商店街の関係者には真梨乃との仲は秘密にしておきたい。

「まあいいや、まだお風呂に入ってないの。風邪ひくから中で聞かせて」

バスタオルのうえから露出している奈緒の白い肩周りは濡れていない。

このままでは冷えてしまうからと、彼女は脱衣所の向こうにある浴場へと続くサッシを指差した。

「ああ、まあそうだね、じゃあ足だけ」

確かに風邪をひかせてはまずいから勇也は浴場のほうに向かおうとする。ただし服は着たままだ。

「なにしてるのよ。お風呂に入るんだから脱ぎなさいよ」

先に浴場のサッシを開こうとした勇也のベルトを引っ張って、バスタオルだけの奈緒が言った。

「へ、なんで俺が」

「女だけ裸にして自分は服着てるってどういうつもりよ」

バスタオルの裾からしっかりとした肉感の、瑞々しい太腿を露出している奈緒が、冷たい目で言った。

「いいから脱ぎなさいよ」

ずっと勇也のことを年上として、最低限はたててくれていた奈緒だったが、もう完全に命令口調だ。

「わ、わかったよ」

奈緒がこうなると逆らっても無駄なのはわかっている。子供のころからわんぱくで気が強く男勝りだった。

さすがに大人になって女らしくもなっていたが、こうなるともうどうにもならない。ここで拒否したら夜通し部屋で責められそうだ。もう勇也は頷くしかなかった。

タオルを腰に巻いただけの格好になって勇也は、奈緒と並んで浴槽の縁に座って、いろいろと質問を受けていた。

「転勤の可能性もあるから結婚は出来ないと。それで身体だけの関係にねえ、へー」

隣にはバスタオルを身体に巻いた奈緒が座っている。形は以前に藍夏と座ったときと同じだが、あのときのようなロマンティックな雰囲気などない。

「でも真梨乃ちゃんはもういい歳じゃん、これからどうしようって思ってるわけ？」

「いや、まあいろいろと考えないとって思うところもあるけど……真梨乃さんが俺に恋人が出来るまではこのままでって」

　奈緒の問い詰めは厳しく、刑事に尋問を受けている気分だ。ただ真梨乃との関係をはっきりさせていないのは自分のせいでもある。

　悪いのは勇也だと言われたら確かにそうかもしれないと考えると、ほんとうに犯人になったような気持ちにさせられた。

「で、真梨乃ちゃんと男と女の関係になってから二年、彼女は出来ないわけ？」

　捻挫した患部を固定していたテーピングを剝《は》がした奈緒は、バスタオル一枚の身体は正面に向けたまま、ショートカットの頭だけを勇也に向けている。

　その大きな瞳はずっとこちらを睨んだまま、そんなことを聞いてきた。

「い、いないよ。俺がモテないの知っているだろ」

　大学生になるまで彼女がいなかった勇也は、よく奈緒から非モテだとばかにされていた。

　頭には藍夏のことがよぎるが、もちろん口には出せない。中途半端な関係なのは藍夏も同じだ。

　そんなことを奈緒が知ったらはっきりしろと、こんどこそ本気で怒り出しそうだ。

「まあね、でもそんなにモテないことないと思うよー、勇ちゃんが気がついてないだけかもよ」

なんだか意味深なセリフを口にして、奈緒はいたずらっぽく笑った。

「な、なんのことだよ。わけがわからん」

慌ててそう言い返した勇也だったが、上半身をねじってこちらを向いた奈緒の湯気にあてられて上気した肩周りや首筋、そして二重《ふたえ》の澄んだ瞳にドキリとしてしまう。

女だと意識することはほとんどなかったが、バスタオルの胸元の膨らみがやけに気になってしまった。

「それにしてもあの真面目な真梨乃ちゃんが身体だけの関係なんて不思議。ここに秘密でもあるのかな」

大きな瞳を浴槽の縁に座る勇也の下半身に向けた奈緒は、いきなりタオルをぺろりとまくってきた。

「うわっ、ばか、なにやってんだよ」

手で押さえようと思ったが間に合わず、タオルが持ちあがって肉棒が剝き出しになった。

もちろん勃起はしていないが、浴場の温もりと女を感じさせる奈緒の肉体にあてられてか少し大きくはなっていた。

「うわっ、なにこれ」

幼いころはともかく、大人になってから奈緒に股間を見られるのは初めてだ。

身体つきはいたって普通の勇也にはあまりにアンバランスな巨根に、奈緒は手で口を塞いだまま固まっている。

「お前は痴女かっ」

文句を言いながら、勇也はタオルを戻して肉棒を隠した。幼馴染み同士、なにも言葉が出てこずに微妙《びみょう》な空気になった。

「すごい大きいねえ。真梨乃ちゃんもこれにはまっちゃったのかな」

数秒間、無言の時間が流れたあと、奈緒がぼそりと呟いて再び勇也の下半身に手を伸ばしてきた。

「ばかなこと言ってんじゃねえよ、やめろって」

こんどはめくるだけに収まらず、奈緒はタオルと引き剝がそうとしてきた。勇也は必死でそれを引っ張って股間を守る。

普通こういうのは男女逆ではと思うが、驚くくらいに奈緒は大胆だ。

「私もこれ味わわせてもらおうかな。いいでしょ、もう結婚はこりごりだからセフレみたいな感じで」

元人妻は調子よくそんなことを言いながら、タオルを強引に引き続ける。

「そんなこと出来ないって、やめろ、うわっ」

陸上で身体を鍛えていたからか、奈緒の力は意外に強い。さらに彼女は脚の痛みはどこにいったのかと思うくらいの素早い動きで、座る勇也の前に立ち、タオルを引き剝がしてしまった。

「えー、勇ちゃんっておっぱい派だっけ？　真梨乃ちゃんにはかなわないけど、これでもDカップはあるんだけどな」

裸になって浴槽の縁に座る勇也の膝のうえに、奈緒は強引に跨がってきた。

そしてバスタオルを巻いた身体を前に出して勇也の頭を抱き、胸を鼻の辺りに押しつけてきた。

「そんな問題じゃないって、なにしてんだよ、うぷっ」

同じ商店街の中で二人も関係を持ったと、もし皆にバレたらえらいことになる。

そんな心配をする勇也だったが、Dカップだと言っていた乳房がタオル越しに押しつけられ口を塞がれた。

「お尻は真梨乃ちゃんにも負けないよ。うふふ、九十五センチのプリプリヒップだよ」

勇也の動きを封じたあと、奈緒は腰を大きくグラインドさせ始めた。

肉棒のうえにある部分にはバスタオルがないので、柔らかな肉が亀頭や竿を強く擦りあげた。

（九十五センチって、身長もそんなにないのに……）

確かに緩めの服を着ていてもわかるくらいに、低身長な身体に対しヒップはどんと重量感がある巨尻だ。

しかも陸上で下半身が鍛えられているから、形も見事なものだ。

「うふふ、このお尻、勇ちゃんの好きにしていいんだよ」

元人妻の大胆さか、奈緒は腰を大きく回したりして勇也の肉棒を責めてくる。

尻肉だけでなく、いろいろな柔らかいものが肉棒を擦りあげていった。

「お前、くうう、そんな簡単に言うな、うう」

男の敏感な部分を甘く擦られ勇也は快感に声を漏らした。

しかも目の前でバスタオルがずれてDカップの乳房とピンクの乳首が姿を見せていて、もう頭がおかしくなりそうだった。

「簡単になんかじゃないよ。勇ちゃんだから抱かれたいって思ってるんだよ」

ふざけた調子で腰を動かしていた奈緒だったが、急に真顔になると勇也の頬を両手で挟み真剣な表情を見せた。

「ひ、卑怯だぞ」

急に真面目な顔になって、勇ちゃんだからなんて言われると、胸がずきりと痛む。しかも相手は子供のころから評判の美少女で、さびれた商店街に咲いた明るい花のような奈緒なのだ。

「ねえ、私も勇ちゃんが欲しいの」

奈緒はそのまま勇也に小さく薄めの唇を重ねてきた。

「んん、んんく、んんんんん」

強引に差し込まれてきた奈緒の舌を勇也も受けとめ、自らも舌を絡ませる。

後悔するかもしれないが、もう彼女を拒否する思いは消え失せていた。

「奈緒ちゃん、そこまで言うのなら俺も本気出すぞ」

開き直った勇也は、膝のうえの彼女のお尻を強く掴んで自分のほうに引き寄せた。

(指がどこまでも食い込んでいく)

バスタオル越しだというのに、奈緒のヒップはフワフワとしていて掴んだ指が潜り込んでいるような感覚があった。

真梨乃や藍夏のことが頭から飛んでしまったのは、この巨大な二つの尻肉のせいだった。

「あっ、やあん、勇ちゃんのエッチ、ああ、お尻、好きにして」

ショートカットの頭を勇也に向けて奈緒は色っぽい声を漏らした。ほとんど物心がついたころからの付き合いの彼女が初めて見せた女の表情だ。

「するよ」

バスタオルの裾をまくりあげてプリプリとしたヒップを剥き出しにした。

染みなどひとつもない、張りの強い柔肉を両手で大きく揉みしだいて感触を楽しんだ。

「こっちも見せて」

勇也は目の前にあるバスタオルの胸元を見て勇也は少し命令口調で言った。

「うん……」

すでにうっとりと顔を上気させた奈緒は、妖しく潤んだ大きな瞳をこちらに向けたまま、一度、勇也の膝に跨がる身体をブルッと震わせた。

それはこれから起こることへの昂《たか》ぶりの震えなのだろうか。半開きの小さな唇からも甘い吐息を漏らしながら、奈緒は自ら身体にあるバスタオルを取り去った。

「おっぱい……真梨乃ちゃんと比べちゃいやよ」

勇也も自分の股間を隠していたタオルを投げ捨てる。お互いに全裸になったあと、奈緒が少し拗《す》ねたように言った。

「人をおっぱい星人みたいに言うな。でも充分に大きくて綺麗なおっぱいだよ」

勇也の手は尻肉を摑んでいるので、顔を器用に動かして乳房に舌を這わせていく。

確かに大きさは真梨乃とは比べられないDカップの乳房だが、お椀を伏せたような丸みがありピンクの乳頭も小ぶりだった。

「ああ……あん、そんな風に舐めたら、あっ、あああああん」

舌先でぺろりと先端を舐めたあと、突起を唇で挟んで吸いあげた。

甲高い子供のような声をあげて奈緒は小柄な身体をのけぞらせ、向かい合う勇也の肩を強く握ってきた。

「ああ、ああ、勇ちゃんのエッチ、あああん、こんなことするなんて、あっ、ああ」

もともと敏感なタイプなのだろうか、奈緒は乳首への刺激だけで瞳を妖しくしながら喘ぎまくっている。

両の乳首を交互に吸い、舌で転がすようにすると、白い肌が一気に上気していった。

「エッチなのはそっちだろ。ずっと腰が動いてるぞ」

喘ぎが激しくなる中で、奈緒の自慢の九十五センチの巨尻はずっと前後にグラインドしている。

勇也は尻肉を摑んでいるだけで力は入れていない。奈緒が自分で下半身を動かしているのだ。

「あっ、だって、ああ、これ、あああっ、やだ勝手に」

浴槽の縁に座る勇也の両膝に跨がったまま、奈緒は汗が浮かんできた桃尻をずっと擦りつけている。

もしかすると奈緒自身も無意識に腰が動いているのかもしれない。自ら下を向いて戸惑った顔を見せていた。

「んんん、ひうっ、あああ、なにこれ、あああん、硬くなってきた」

さらに奈緒はお尻だけでなく、自分の股間を勇也の肉棒に擦りつけている。

柔らかい媚肉が剝き出しの亀頭や竿のうえを強く摩擦していた。

「ちょ、ちょっと奈緒ちゃん、くううう、激しいって、うう」

もちろん、いまの体勢ではお互いの股間は見えないが、熱くねっとりとした女の肉が自分の怒張をしごくような動きをしている。

しかも愛液らしき粘液まで溢れていて、なんとも心地よかった。

「あっ、ああああん、すごく硬いよう、あああん、あああ」

ショートカットの黒髪を揺らし、奈緒は口を割り開いて悶絶している。

二十六歳だが幼げなままの奈緒の顔は、高校時代とあまり変わらない。それが一気に牝の表情に染まっていくのはたまらなく淫靡だ。

「くうう、もう入れようか？　奈緒ちゃん」

本能の暴走に翻弄《ほんろう》される感じで、小柄な身体全体を使って股間を擦りつけてくる幼馴染みの動きを勇也は尻肉を強く摑んで止めた。

「あ、ああ……もう大丈夫なの？」

小柄ながらに肩周りなどはけっこうしっかりとした身体の前で、Dカップの美乳を揺らしながら、奈緒は唇を半開きにしたまま勇也の目を見つめてきた。

「奈緒ちゃんがエッチなお肉を擦りつけるから、もうギンギンだよ。ほら自分で入れてみな」

今日はずっと彼女に翻弄されっぱなしだったので、勇也は少し意地悪をしてみたくなって、わざと摑んでいる桃尻を肉棒から遠ざけた。

「あああ、ひどいスケベな女みたいに言わないでよ、ああ」

一応いつものように勇也を見下したように文句を言っている奈緒だったが、その声に勢いがない。

表情も切なげで、唇からは甘い息が漏れ、勇也の膝の辺りまで移動した下半身はなにかを求めるようにずっとくねっていた。

「いらないのなら、今日はやめとくかい？」

「あああ、ひどい、ああああん、勇ちゃんのばか」

さらに勇也が焦《じ》らすようなことを言うと、奈緒はもうたまりかねたように身体を前に出し勇也の頭を抱きしめてきた。

「そのまま自分で入れてみな」

勇也は少し腰を動かして亀頭の先を動かし、奈緒の膣口をまさぐりだした。

ねっとりとした愛液が絡んだ女肉の熱が怒張の先端から伝わり、彼女の肉体の燃えあがりを感じさせた。

「ああっ、うっ、うん、ああ」

亀頭が触れただけで奈緒は息が詰まるような喘ぎ声を漏らし、ついに自ら浴槽に足をついて腰を浮かせた。

縁に座っている勇也の股間に向かって、小柄な身体と九十五センチの巨尻が沈み始めた。

「裸でがに股なんかにさせるなんて……あああっ、あっ、ああ、硬い、ああ」

卑猥《ひわい》なポーズを取らせたことに苦情を言った奈緒だったが、次の瞬間に亀頭が膣口を押し開くと、大きく背中を弓なりにして喘いだ。

彼女の言葉通りに、太腿を大きく開いた肉付きのいい白い下半身がヒクヒクと痙攣し、淫らな喘ぎが、湯気の満ちた浴場にこだました。

「ひああっ、あああ、なにこれ、あああああん、大きい、あああああ」

元人妻の奈緒だが、さすがに勇也ほどの巨根は未経験なのか、まばたきを繰り返す瞳の視点は定まらず、意識がさまよっている感じだ。

ただ苦しそうな様子はなくじっくりと巨尻を沈めてきている。

「あああっ、あっ、やだ、あああ、深い、あああっ、奥に、ああっ、だめえ」

重力のままにお尻が沈み、亀頭は彼女の奥深くに侵入していく。先端が膣奥に当たる感触があるが、勇也の巨根はそこからさらに最奥を抉《えぐ》るのだ。

「あああっ、こんなの、あ、あああ、あっ、ひっ、ひあああああ」

九十五センチもあるのに垂れる様子などない巨尻が勇也の太腿のうえに落ちると同時に、奈緒は全身を震わせて頭をうしろに落とした。

「おっと」

そのまま浴槽のほうに向かって崩れそうになるので、優也は彼女の腰に腕を回して身体を支えた。

「どうだい奈緒ちゃん、俺のは」

子供のころから可愛らしいが生意気なところがあった奈緒を、自分の肉体の一部が翻弄していると思うと、勇也は奇妙な興奮を覚えた。

さらに彼女を女にしたい。牝の本能を剝き出しにさせたいという思いに囚《とら》われる。

「あ、あああ、大きい、あああ、お腹の奥まで入ってるよう」

こちらは大きな瞳を潤ませた奈緒は切ない息を漏らしながら、自分を抱えている勇也を見つめてきた。

その弱々しく戸惑ったような表情が、また勇也の欲望を煽ってきた。

「苦しいの？」

「ううん、苦しくはないけど、ああ、でもこんなに深くなんて、ああ、反則だよ」

座った体勢で自分を見あげている勇也に返事をしている間も、奈緒はずっと腰を動かしている。

その動きは膣奥を亀頭に擦りつける感じで、先端が当たっている部分の媚肉もやけにヒクついていた。

「ここを突いて欲しいの？」

彼女がそれを求めているのだと察知した勇也は、あらためて巨尻を両手で摑み直して固定し、下から怒張を突きあげた。

「ひっ、ひあああああ、そこは、あああっ、はあああああん！」

勇也の膝のうえで奈緒は身体を跳ねあがらせ、天井を見あげて絶叫した。

美しい形の乳房が大きくバウンドするほど、激しく肉体が反応している。

「ここだね」

勇也は浴槽の縁に乗せた下半身を大きく上下に動かす。天を衝いて勃起した怒張が、太腿に跨がっている肉感的な白い下半身を激しくピストンしていく。

「はあああん、あああっ、そこばかり、あああん、ああっ、私、ああっ、ああ」

勇也の膝で小柄な身体が大きく跳ね、つられて乳房も波を打って弾む。

可愛らしい顔が快感に歪み、開ききった唇の間から絶え間なく卑猥な喘ぎが漏れた。

「ああああっ、だめえ、あああ、もうイッちゃう、こんなに早く、ああ」

よほど感じる場所に当たっているのか、奈緒はもう限界を口にしていた。

「あああっ、ひいん、ああ、激しい、ああっ、ああん」

早々に限界を迎えようとしている奈緒を、勇也は腰を止めずに突き続ける。

この美少女顔の幼馴染みが崩壊する瞬間を早く見たい。そんな思いに取り憑かれていた。

「もっと感じて、俺にイクところを見せるんだ、奈緒ちゃん」

勇也は桃尻を摑んだ手に力を入れ、膝に乗った白い下半身を前後に揺さぶりながら、肉棒は激しく上下に突きあげた。

「ひ、ひあああ、あああ、お兄ちゃん、あああああん、あああ、奈緒、いいっ、あああん、おかしくなるよう、あああ」

奈緒は自分の指を嚙みながら、激しいよがり泣きを見せる。お兄ちゃんというのは、彼女が幼いころに勇也に向けていた呼びかただ。

成長していつしか勇ちゃんと少し生意気な呼称に変わっていたが、快感のあまり子供返りしているのかもしれない。

「おお、俺も気持ちいいよ、すぐにでも出そうだ」

そんな奈緒を愛しく思う気持ちが止まらなくなる。それでなくても濡れて蕩けていても奈緒の膣道は狭くて、その快感に肉棒は痺れきっていた。

「はあああん、来てえ、あああん、今日は大丈夫な日だからあ、あああっ、あああん」

湯気にあてられてピンクに染まった身体をのけぞらせ、奈緒は一際《ひときわ》大きな悲鳴をあげた。

「うん、いくぞ奈緒ちゃん、おおおお」

勇也も快感に頭まで痺れさせながら、怒張をうえに向かって突きあげ、桃尻に指を食い込ませて揺さぶった。

「イク、あああああっ、お兄ちゃん、イクとき、ああ、お尻ギュッとしてぇ！」

形のいい美乳をバウンドさせ、奈緒は大きく唇を割って目を泳がせながら、勇也に求めてきた。

「こ、こうか、おおお」

考える余裕もなく勇也は指を立てるようにして奈緒の巨尻をわし摑み、座っている身体を浮かして腰を突きあげた。

「ああああ、それええ、あああ、あああ、お尻もいい、ああっ、イクうううううう」

勇也の肩を摑んで、奈緒は全身を痙攣させた。汗ばんだ背中が大きく弓なりになり、男の指が食い込んでいる尻肉がブルブルと痙攣を起こした。

「ううう、俺もイク、出る、くうう」

濡れて蕩けた媚肉の中に怒張を突きあげ、勇也も絶頂に達した。

奈緒はヒップでも感じているのだろうか？　そんなことを思いながら彼女の絶頂と同時に、脈動している膣内で熱い精を放った。

「あああっ、お兄ちゃんの精子来てる、あああっ、熱いよう、ああん、ああ」

大きな瞳を蕩けさせ、浴場の水滴《すいてき》のしたたる天井を見あげながら、奈緒は可愛らしい顔を歪ませて歓喜している。

「くうう、おおおお、まだ出る」

まさに牝となった美少女に心を燃やしながら、勇也は何度も膣奥に向かって射精を繰り返した。

第四章　ぬめ光る巨乳と巨尻

勇也の自宅の部屋は畳敷きの古い和室で、ベッドではなく布団で寝ている。

「あっ、あああん、勇也、あああっ、そんな風に、あっ、ああっ」

今日の勇也は敷き布団だけを敷いたうえで、肉感的な白い身体を横たえた真梨乃の太腿を手で押しあげながら、ピンクの裂け目に舌を這わせていた。

「あっ、勇也、あああああん、ああっ、だめっ、あああ」

何度も身体を重ね、お互いの奥の奥まで晒しているというのに、真梨乃は女としての恥じらいはなくしていない。

こうしてクリトリスや膣口を舐め回すと、全身をピンクに染め、アナルをヒクつかせて羞恥に身悶える。

「あっ、あああああ、いやあああん、あああっ、音がしてる、あああ」

さらに指を使って媚肉を掻き回すと、真梨乃は泣きそうな声で訴えてきた。

ただ快感はどうしようもない様子で、セクシーな唇の間から絶えず淫らな声があがり、二階の部屋の土壁にこだましていた。

「もう、あああん、勇也、あああ、ああ、私、あああん」

仕事が終わり帰宅して風呂に入っていると、真梨乃も店を終わらせて現れた。

広い洗い場で互いの身体を流し合ったりしていると、どうにもムラムラしてきて裸のまま彼女を二階まで連れてきたのだ。

「ああ、あああっ、あああん、だめえ、あああ、奥、あああっ」

風呂の中で睦《むつ》み合うことが最近は多かったので、たまには濡れていない身体の彼女を見たいと思った。

ムチムチとした太腿やふくらはぎをＭ字に開き、漆黒の濃い草むらや薄桃色の秘裂が剝き出しになっている。

若いころと変わらない張りのある頰の顔は清楚な雰囲気なのに、感じ始めると一気に瞳が蕩け、見事に盛りあがるＧカップの巨乳の先端も尖りきっていた。

「すごくエッチだよ真梨乃ちゃん、何度見ても興奮する」

藍夏と真梨乃の間で揺れ動きながら、奈緒とまで関係を持ってしまった。

仕事をしていてもこのままでいいのかと思い悩むこともあるが、逆になぜか彼女たちと身体を重ねているときはすべてを忘れられた。

「い、いやっ、あああ、私がいやらしい女だって言われてるみたい、ああん」

真梨乃は真っ赤になった顔を左右に振って恥じらっている。

自分がセックスに逃げているというのは勇也もわかっている。だが一方で、感じ始めると欲望に没頭する女たちに、抗いがたく惹《ひ》かれていた。

「へえエッチじゃないんだ真梨乃ちゃんは。じゃあコイツも嫌いなんだね」

音がするほど掻き回していた真梨乃の膣口から指を引きあげると、勇也は膝立ちになった。

風呂からこっち、ずっと自分も裸でいる身体を膝立ちにして、股間を突き出した。

「ああ……そんな嫌いだなんて……」

快感から解放されて両脚をおろした真梨乃は、切なそうに息を吐《つ》きながら、まだ半勃ちといった状態の勇也のモノを見つめてきた。

恥じらう真梨乃の肉欲をこうして煽るのも、勇也は異様に興奮した。

「好きにしていいよ」

膝立ちのまま腰を動かし、まだ柔らかさの残る肉棒をブラブラと揺すって挑発した。

「うん……ねえ、これ好きよ私」

ずっと恥ずかしそうにしてはいるが、真梨乃は瞳を妖しく潤ませて肉棒の前に四つん這いになった。

柔らかそうに実った九十センチの巨尻を揺らしながら、顔を肉棒に近づけ舌を這わせてきた。

「うん、嬉しいよ、俺のチ×チン好きって言ってくれて」

うっとりとしたまま美熟女は犬のポーズで肉棒に奉仕している。背中がゾクゾクとしてきて勇也はビクンと腰を引き攣らせた。

「好きよ、ああ、勇也のおチ×チン大好き、んんんんん」

だんだん恥じらいよりも欲望のほうが上回ってきているのか、真梨乃は大胆に唇を開くと亀頭を包み込んでいく。

裏筋に舌を押しつけながら、強く吸いついてきた。

「うっ、いいよ真梨乃ちゃん、くうう、すごく気持ちいい」

唾液に濡れた口内の粘膜が亀頭を包み込む。温かいその感触に勇也はまた下半身を震わせた。

「んん、んんん、んく、んんんんん」

勇也が感じると真梨乃の舐めあげにも熱が入ってきて、頬をすぼめて大胆に頭を動かす。

反動に、四つん這いの身体の下で大きさを増している巨乳がブルブルと揺れた。

「うう、すごくいいよ、真梨乃ちゃん、うう」

唾液の粘っこい音を響かせ、真梨乃は口内のすべてを使ってしゃぶり続ける。

ねっとりとした粘膜が亀頭のエラや裏筋を強く擦り、もう根元が脈打ってきた。

「あああ、くうう、最高だよ、ううう」

熟した女のねちっこいしゃぶりあげはたまらない。勇也は快感のこもった声をあげながら、真梨乃の乳房を揉んだ。

Gカップの柔肉に指を食い込ませ、乳首をくりくりとこね回していく。

「んんんん、あっ、あああん、いたずらしちゃだめ」

夢中でフェラチオしていた真梨乃が慌てて顔を起こして肉棒を吐き出した。

乳首に勇也の指が触れるたびに白い背中が大きく引き攣り、巨大な尻肉が波打った。

「美味しい？　チ×チン」

「やあん、ああ、美味しいわ、勇也のおチ×チン」

乳首の快感に悶える四つん這いの美熟女は、切ない顔を勇也に向けた。

頬はもう真っ赤に染まり、蕩けきった大きな瞳は妖しく輝いている。まさに発情の極みにあるような状態だ。

「欲しいの？　おチ×チン」

そして犬のポーズでうしろに突き出された巨尻はずっと横揺れしている。

もうこれ以上焦らさないでと訴えているように勇也には見えた。

「ああ……ああ……欲しいわ、おチ×チン」

半開きの唇から湿った息を吐きながら、真梨乃は耐えきれないように言った。

「いいよ。どこに入れて欲しいのか教えて、真梨乃ちゃん」

「ああ、そんな……勇也の意地悪」

女性器をあらわす言葉を口にしろと言われて真梨乃はためらうが、またすぐに顔を膝立ちの勇也に向けた。

もう彼女の肉体が耐えきれないくらいに燃えあがっているのはわかっている。だから軽くまた乳首に手を回して弾き、性感を煽った。

「あ、あああん、だめえ、あああん、もう欲しい、あああん」

こちらに向けられている白い背中をバネのように反り返らせ、真梨乃は子犬のように潤んだ目を向けた。

「オマ×コに。真梨乃のオマ×コに勇也のおチ×チンを入れて、ああ」

なよなよと腰をくねらせ、絞り出すような声を聞いて勇也は頷き、真梨乃のお尻のほうに移動した。

豊満な桃尻の前にあらためて膝立ちになり、柔肉を鷲づかみにして肉棒を押し出す。

「あっ、あああん、これ、あああん、いい、あああん、すごいい」

亀頭が入った瞬間に、もう真梨乃は悲鳴に近い声をあげて歓喜している。

布団を両手で強く摑みながら、四つん這いの身体を震わせ、お尻をうしろに自ら突き出そうとする仕草さえ見せた。

「欲張りなオマ×コだね」

尻肉を摑んでいる勇也はその動きは察知している。ただもうこれ以上焦らすのは可哀想だと、一気に怒張を突き入れた。

「ひっ、ひあっ、奥に、ひあっ、ひうううう」

普段の姿からは想像も出来ないくらいに派手に喘いだ真梨乃は、頭を落としながら快感に溺れていく。

亀頭が膣奥に達したあと、さらに深くに食い込む。そのまま勇也はリズムのいいピストンを始めた。

「あああっ、ひん、あああっ、奥、あああ、たまらないわ、あああん、ああ」

上半身の下で巨乳をブルブルと揺らし、真梨乃はひたすらによがり泣いている。

まさに獣のようなポーズで尻肉を波打たせ、快感に溺れきっている。

「奥がいいの？　真梨乃ちゃん」

リズムよく腰を動かし、自分の股間を熟れた巨尻に叩きつける。

パンパンと乾いた音を響かせながら勇也は身体を倒し、真っ赤になった真梨乃の耳に囁いた。

「あっ、うん、ああああん、奥が広がって、ああああん、すごくいいの」

巨大な亀頭が、感じるたびに狭くなる膣奥の肉を開いているのがたまらない様子だ。

「じゃあ、もっと深くにいくよ」

勇也は手を伸ばして真梨乃の巨乳を摑むと、彼女の上半身を引き寄せる。

自分はうしろに尻もちをついて布団のうえに座り、真梨乃の身体を膝のうえに乗せた。

「ひ、ひああああん、これ、ああああっ、深い、ああっ、あああっ！」

真梨乃が勇也に背中を向けて膝に跨がる背面座位に体位が変わり、股間同士の密着度があがった。

怒張が膣奥のさらに深くを抉り、真梨乃は大きく両脚を開いた下半身を震わせて絶叫した。

「また狭くなったよ、真梨乃ちゃん」

さらに感度があがった真梨乃の膣奥が肉棒に絡みついてきた。もっと感じさせたらさらに締めあげてくるだろうと想像しながら、勇也はピストンを開始した。

「ああっ、あああああん、いい、あああっ、ああん、たまらないわ、あああ」

布団に座った勇也のうえでだらしなく開いた脚をくねらせ、真梨乃はただひたすらに甘い嬌声《きょうせい》をあげている。

突きあげの反動でGカップの巨乳が左右別々にバウンドしている。先端にある薄桃色の乳頭は硬く尖りきって天を衝いていた。

「俺もすごく気持ちいいよ、うう」

狭さを増した媚肉はただ締めているだけでなく、大量の愛液にまみれながら、ねっとりと絡みつく感じだ。

その中に亀頭が擦れると、腰まで痺れる快感が突き抜け、勇也は溺れていった。

「ああ、真梨乃さんのオマ×コ、すごくいやらしいよ、ううう」

わざと淫語を口にして真梨乃の欲情を煽りながら、勇也は彼女の腰から腕を放し、身体を倒しながら背後に両手を突いた。

こうすると自分の脚と手を支点にしてさらに力を入れて腰を動かせる。勇也は気合いを込めて強く怒張を上下にピストンさせた。

「ひっ、ひあっ、これだめ、あああっ、あああん、こんなの、ああ」

勇也の腰のうえで肉感的な白い身体を弾ませた真梨乃は、瞳を泳がせながら背中をのけぞらせる。

力が抜けているところに支えを失い、さらに下から突かれたため、ゆらゆらと全身が不安定に揺れている。

「真梨乃ちゃん、おおおおお」

すべてを失ったように肉棒に身を委ねる美熟女に興奮し、勇也は怒張を突き続ける。

勇也の腰に跨がる白い二本の脚は大きく開いたままよじれ、こちらに向いているボリュームのある桃尻が波を打った。

「あああ、もうだめええ、あああん、イク、イッちゃうううう！」

もう逸物にすべてを奪われている様子の真梨乃は、古い和室に絶叫を響かせてのけぞった。

そのタイミングで勇也は一度腰を止めて、絶頂寸前の真梨乃の膣や子宮を焦らす。

そして数秒ののちピストンをさらに激しくして再開した。

「ああ……勇也、ああ、はあんっ、あふ、ああ、これいいっ、ひあああ、真梨乃のオマ×コ、イッちゃううう！」

一瞬、呼吸を取り戻した真梨乃だがすぐにまた快感に飲み込まれていく。焦らされたあと、その肉体は燃えあがり絶叫も大きくなった。

「イクうううううううっ！」

完全に牝となり、普段の清楚な顔をかなぐり捨てて真梨乃はのぼりつめた。

不安定なままの肉感的なボディが勇也の腰のうえで、前後に揺れながらビクビクと痙攣を起こした。

「くうう、俺も出るよ、ううっ、イク、くううっ」

腰を強く突きあげ、亀頭を彼女の狭い膣奥に擦りつけるようにしながら、勇也も頂点に達した。

熱を持った媚肉に包まれながら、怒張を脈動させて精を放った。

「ああぁっ、勇也、奥に来て、あああ、もっとちょうだい」

熟れたヒップを勇也の腰に押しつけるようにしながら、真梨乃は断続的に身体を震わせている。

「うん、くうう、まだ出る、おお」

彼女の身体がエクスタシーの発作に震えるたびに、膣奥が亀頭を締めあげ、搾《しぼ》り取られるように怒張が脈打った。

「あああ、はあああん、私の子宮、ああああん、勇也の精子でいっぱいよう、ああ」

真梨乃もまた歓喜に溺れながら何度も背中をのけぞらせた。

「ああ……はあああん……ああ……」

そしてようやく身体の痙攣が収まると、真梨乃はがっくりと頭を落とした。

勇也の腰に跨がった肌をピンクに染めたグラマラスな身体が、苦しげに上下に揺れている。

「大丈夫？　真梨乃さん」

まさになにもかも失った感じの彼女が心配になり、勇也は身体を起こし自分のほうにもたれさせた。

「ああ……勇也……激しいよ、おかしくなるかと思っ……」

うっとりとした表情を見せながら真梨乃は勇也のほうを振り返ってキスしようとしてきた。

その途中で急に真梨乃は目を見開いて固まった。

「きゃあああああっ!!」

先ほどの絶頂時以上の悲鳴をあげた真梨乃は、階段のほうを指差した。

「うわあああ、な、なに、お化け!?」

彼女の指の方向を見た勇也もまた、絞り出すような声をあげてしまった。

そこには一階に降りる階段があるのだが、そこから女の顔が上半分、黒い髪の毛と眉毛と目だけが見えていた。

薄暗い中、木の階段の板のところに顔の半分だけが生えている感じで、怪奇映画のワンシーンのようだ。

「失礼な、誰がお化けよ」

聞き覚えのある声と同時にその顔がゆっくりと上昇してきた。

「な、奈緒ちゃん」

階段で立ちあがった奈緒はふくれっ面《つら》をしている。彼女は濃いブラウンのトレーナーを着ていて、それが暗闇と古い木の階段の色に同化して顔だけが浮かんで見えていたのだ。

「きゃっ、いや」

幽霊の意外な正体に呆然となった勇也の膝から、真梨乃が慌てて飛び降りて身体を丸くした。

膣内で射精した肉棒が入ったままの真梨乃の秘裂は、大股開きで階段の方向に向かって晒されていた。

「い、いつから……」

こちらは身体を隠すような動きはしなかった勇也だったが、奈緒がいつから真梨乃との行為を見ていたのか、なぜかそれが気になった。

「えー、どこに入れて欲しいのか教えて真梨乃ちゃん、のところからかな」

ニヤニヤと意味ありげに笑いながら、奈緒は頭をかいた。挿入の直前から絶頂までずっと階段に腹ばいで覗いていたようだ。

「もう、やだあ」

自分が女性器の言葉を口走ったところまで見られていたと知り、真梨乃は全身を赤くしてうずくまっている。

「ごめんねー、でも真梨乃ちゃん、すごく綺麗でエッチだったよ」

真梨乃とは昔から仲がよかった奈緒は気安い感じで笑っている。

「やだやだ、奈緒のばか、ああ、もう死にたい」

姉妹のようだとよく商店街の面々にたとえられていたぶん、行為を見られた羞恥も強いのだろう、真梨乃は泣き出しそうになっている。

「覗きなんか……するか普通……」

勇也はもう呆れるばかりだ。とりあえず明日からは家にいるときでも裏口の鍵はちゃんと閉めようと思った。

「だって二人のエッチがすごいんだもん。ちょっと嫉妬しちゃったよ、まあ私のときもおかしくなるくらいだったけど」

文句を言う勇也に向かって奈緒は唇を尖らせて言った。

「うわ、ばか」

天然なのか、それともわざとなのか、奈緒と自分に肉体の関係があることを示唆《しさ》するような発言に勇也は飛びあがった。

隣を見ると身体を丸めていた真梨乃も、顔を強《こわ》ばらせてこちらを見ている。

「あ、ごめんなさい。真梨乃ちゃんは知らないんだったね」

自分の口元を手で塞いで奈緒は驚いた風にしている。ただその言葉が妙に棒読みに聞こえた。

(絶対わざとだコイツ……)

覗いていたのは偶然かもしれないが、自分も勇也とセックスをしていると言ったのは、真梨乃にそれをわからせるためだと勇也は理解した。

ただ、なぜわざわざ揉めごとを起こすようなまねをするのか、理解出来ない。

「私のことはなんて話したの？　勇也は」

急に普段聞いたこともないドスの利《き》いた声で、真梨乃は勇也を睨みつけてきた。

初めて見るその怖い顔に勇也は生きた心地がしなかった。

「なんか結婚は出来ないけど恋人みたいな関係だけは続けてるって。中途半端だよね、真梨乃ちゃん」

「ふーん、で、奈緒はどうしたいわけ？　もう結婚はこりごりって言ってなかったっけ」

真梨乃だけでなく奈緒のほうも、なんだか棘《とげ》がある敵意剝き出しの物言いだ。

（ど、どうするんだよ、これ……）

二人の女の間に割って入れるような勇気が勇也にあるはずもない。股間の肉棒を萎えさせたまま、狼狽えるばかりだ。

「まあ、そんなにイライラしないでよ真梨乃ちゃん。とりあえず寒いし、三人でお風呂に入りながら話そうよ」

険悪な空気が流れる中、奈緒がにっこりと笑って言った。

「え……」

その言葉に変な声を出したのは真梨乃ではなく勇也だった。

「ふーん、複雑だねえ。でも私も同じかも、結婚したくないのはほんとだし」

一階にある浴場の風呂は三人で入っても充分な広さはある。かけ流しの源泉が勢いよく流れる浴槽に奈緒、真梨乃、勇也の順に、横並びで座っていた。

温泉の温もりが二人の女の心も少し溶かしたのか、先ほどのようなピリピリした雰囲気はなくなっていた。

(なんだこの状況は……)

二人の女の裸は何度も見ているから、湯の中で乳房が揺らいでいても緊張するはずはないのだが、三人並んでという状況に勇也は顔を強ばらせていた。

どちらも甲乙つけがたい美女である二人の幼馴染みと、一糸まとわぬ姿で陰毛まで晒しながら温泉に浸かっているのだ。

ほんとうならば天国のような状況かもしれないが、いつまた二人がヒリついた雰囲気になるかと思うと、湯の中にいてもリラックスなど出来なかった。

「でも私は勇也にいい人が出来たならいつでも身を引くつもりなのよ」

真梨乃ももう怖い目ではなくなり、いつもと同じように優しげな雰囲気に戻っている。

隣の勇也をちらりと見たあと静かに、大人になるってややこしいわねと、笑った。

「うふふ、そうね、子供のころはなにも考えずに楽しくみんなで遊んでいられたけど」

珍しく奈緒も少し悲しそうな笑顔を見せた。確かに幼いときはただ無邪気に一緒にいられたように思う。

ただ三人とも思春期を経て大人になり、それぞれの事情もあるので、心から素直にというわけにはいかないのがほんとうのところだ。

三人それぞれしんみりとして、水滴がしたたっている浴場の天井を見あげた。

「でもこうして見ても真梨乃ちゃんのおっぱいってほんとすごいよねえ。これで勇ちゃんを虜にしてるのかな」

そんな雰囲気を嫌ったのか、奈緒がいきなり隣にいる真梨乃の真っ白なGカップを片手で揉んだ。

「や、やあん、だめって、やっ、乳首だめ」

そのたわわな柔乳を揉むだけに収まらず、奈緒は真梨乃のピンクの先端も指でくりくりと弄《もてあそ》んでいる。

あまりの手際よさに真梨乃は逃げる暇もなく、喘ぎ声をあげさせられていた。

「ふふ、すごく敏感。勇ちゃんのすごいおチ×チンでエッチな身体にされたのかな、真梨乃ちゃんは」

奈緒は乳房だけに収まらず、真梨乃の股間にもう一方の手を差し込みいじりだした。

「あっ、そこは、あっ、やっ、はあああん、ああ」

勇也に敏感な身体にされたという質問を否定も肯定もせず、真梨乃は唇を半開きにして喘いでいる。

一気に妖しく潤んできた感じの瞳が、少し恥ずかしげに勇也のほうに向けられた。

(す、すげえ……)

まとわりつく若い女の手で、湯の中で喘がされる美熟女。たまらなく淫靡な光景に勇也は口をぽかんと開いたまま見つめていた。

「あっ、あああん、勇也、見ないで、ああっ、あああ」

湯の中にある股間を激しくまさぐられて、真梨乃は羞恥に震えながらも感じている。

その証拠に白くむっちりとした太腿がだんだん開いていった。

「女同士だから感じさせかたもわかるよ、こうでしょ真梨乃ちゃんのクリのいじめかた」

「あああん、だめえ、ああ、あああああ、はううぅん」

まさにツボを心得た愛撫といったところだろうか、ニヤニヤと笑っている奈緒の囁きを受けながら、真梨乃はグラマラスな身体を何度ものけぞらせている。

いま真梨乃のクリトリスはどんな風に責められているのだろうか。勇也は湯の中に潜って見てみたい気持ちになった。

「あっ、あああああん、だめえ、お風呂場でこんなの、あっ、ああ」

「えー真梨乃ちゃんと勇ちゃんって、ここでもエッチなことたくさんしてるんでしょ」

恥じらいが頂点に達した様子の真梨乃の言葉に奈緒が反応し、勇也はドキリとした。

二人だけでなく藍夏ともこの浴場で激しい行為をしていたからだ。

「うふふ、私、二人がエッチな遊びをしてるのも知ってるんだよ」

そう言った奈緒は真梨乃の身体から手を離し、急に立ちあがると、大きなお尻を揺らして脱衣所に向けて駆け出した。

「な、なんだ」

するときもやめるときもあまりに素早い奈緒の動きに呆然となりながら、勇也も、そして息を荒くしている真梨乃も、脱衣所と浴場を仕切っているサッシのほうを向いた。

「へへへ、この前、来たとき見つけたんだ。これ使ってなにをしてるのかな？」

脱衣所から戻ってきた奈緒が手にしていたのは、マットとローションが入ったボトルだった。

捻挫していた脚が治るまでの間、二日に一度は奈緒はここに来ていた。

常に勇也が一緒に入っていたわけではなく、二階でテレビを見ていることもあったので、そのときに脱衣所の物陰に置いていた。マットやローションを見つけていたのかもしれない。

「あっ、いっ、いやっ」

ニヤニヤとした奈緒が持ちあげている赤いマットを見て、真梨乃が悲鳴をあげて顔を横に背けた。

こんな態度をしたら、マットとローションを使って淫らなことをしてたのがバレバレだ。

「へへ、やっぱりソープランドごっこをしてたんだ、ふふふ、じゃあ今日は三人でしようか？」

奈緒は嬉しそうにマットを洗い場に敷いて勇也のところにきて、腕を引っ張った。

「ば、ばかなこと言うなよ。三人でって……ええっ」

驚きながらも勇也はされるがままに浴槽から引きあげられ、マットのうえに座らされた。

とくに抵抗せずに従ったのは、どこか自分の中で二人に淫らな奉仕を受けたいという思いがあったからかもしれない。

(二人の身体が同時に俺を)

なにしろ目の前にあるのは奈緒の九十五センチのヒップ。そして浴槽の中で身体を起こしている真梨乃の上体で揺れているのは、Gカップの乳房。

それらが同じ空間にあるのが信じられないくらいなのに、さらに自分の身体に絡みついてくると想像すると、それだけで肉棒が硬くなりそうだ。

「私もエッチなビデオで見たことあるよ、こんなことしてたかな」

抑えようのない期待の中でマットに座った勇也の腕を持ちあげると、奈緒はローションを塗り込みながらDカップのバストを擦りつけてきた。

柔らかい乳房と少し硬いピンクの乳頭が、勇也の肌をなぞるように移動していく。

「く、奈緒ちゃん」

乳首が肌を擦っていく感覚がたまらない。その突起もすぐに硬くなっていくのだ。

「あん、これ、私のほうも、やだ、あああん」

奈緒のほうも強い刺激を受けているのか、開き気味の唇から甘い声が漏れている。よく引き締まった腰がくねり、しゃがんでいる下半身全部が揺れていた。

「もう、なんで二人だけ盛りあがってるのよ」

勢いのままに突っ走るような奈緒の行動にあっけにとられていた真梨乃だったが、頬を膨らませて浴槽から出てくると、勇也の横に膝をついた。

「勇也、腕を曲げて」

対抗意識を燃やしているのか、怖い目になっている真梨乃はマットのうえに座っている勇也の腕を取り、肘を直角に曲げさせた。

そして自分は膝立ちになり、天井を向いて立つ勇也の肘から先を乳房で挟んできた。

「ま、真梨乃ちゃん、こんなの……うっ、すごいよ」

腕にパイズリを受けるのはもちろん初めてだが、柔らかい乳肉と艶やかな肌が包み込んでくる感覚がたまらない。

ここに性感帯はないはずなのに、なんとも気持ちよかった。

「なによおっぱいが大きいからって。私も出来るもん」

Gカップの巨乳を誇る真梨乃が腕を包み込んでいる様子を見て、反対側にいる奈緒が唇を尖らせた。

そして彼女も勇也の腕を曲げさせると、張りの強い乳房で挟んできた。

「どう？　私のおっぱいもいいでしょ」

真梨乃のほうをちらりと見たあと、奈緒は自ら持ちあげた乳房を上下に揺すって腕をしごきあげてくる。

張りの強い肌がローションのぬめりとともに腕を擦り、こちらもまた気持ちいい。

「負けないわ、私だって」

ライバル心を燃やした女たちは激しく乳房を動かし、勇也の腕に懸命に奉仕する。

二人ともに息が少しあがり、唇を半開きにしたまままじっと勇也を見つめていた。

（な、なんだ、ここは天国か……）

しっとりとした落ち着きのある美熟女の真梨乃と、二十六歳になっても可愛らしい顔立ちの奈緒の二人に、バストで身体を洗うという奉仕を受けている。

ほんとうにこれが現実なのか、夢でも見ているのではないかと勇也は疑いたくなる。

（それもこんなに一生懸命に）

勇也の腕を肉棒に見立てているのか、二人は大きな瞳を淫靡に輝かせながら、乳房を懸命に動かしている。

張りの強い奈緒のDカップとたわわな真梨乃のGカップがいびつに形を変えながら上下し自分の肌を気持ちよくしてくれる。いつしか勇也は見とれていた。

「あー、もう勇ちゃん、真梨乃ちゃんのほうばっかり見てる。ほんとにおっぱい星人なんだから」

特別真梨乃のほうばかりを見ていたつもりはなかったが、たまたま顔がそちらに向いていた勇也の二の腕を奈緒が摘まんできた。

「こんどはお尻でするからね、そこに寝て」

摘まんだ皮膚をつねりあげながら、奈緒は勇也の肩を押した。

「いてて、なんだよ」

腕の痛みに文句を言いながらも、勇也はマットに仰向けになる。これからもっと淫らな行為をされるのかと思うと、わくわくが止まらない。

奈緒はそんな勇也の左脚にローションを伸ばしていった。

「私のお尻、たっぷり見ていいよ」

ローションまみれになった勇也の右脚を持ちあげた奈緒は、太腿の辺りに跨がって自分の股間を押しあてしてきた。

そして九十五センチの白い巨尻を勇也のほうに突き出しながら、身体を前後に動かし始めた。

「うっ、奈緒ちゃん、それ、ううう」

太腿に彼女の媚肉や陰毛があたり、心地よさに勇也は声を漏らしてしまった。

「うふふ、気持ちよくなってね、勇ちゃん」

そんな勇也の反応を、顔だけをこちらに向けて見つめながら、奈緒は小柄な身体全体を動かして秘裂を押しつけてきた。

「私だって、そのくらい出来るわ」

勇也の気持ちよさげな顔を見て、真梨乃もローションを手に取って反対側の脚に塗り込んでいった。

そしてこちらも大胆に跨がると、九十センチのヒップを見せつけながら前後運動を開始した。

「くうう、真梨乃ちゃんのほうもすごくいいよ」

少し持ちあげられてVの字に開いた自分の二本の脚を、美女二人が陰毛や媚肉を擦りつけて洗っている。

肉棒に刺激を受けているわけではないのに、勇也は少々間抜けな声を漏らしながら、腰をくねらせていた。

「ああ、勇也……私も変な気分に……ああ……」

股間を勇也の脚に擦りつけて快感が湧きあがっているのか、真梨乃の表情が一気に蕩けていった。

クネクネと腰を揺らしつつ、勇也の足首の辺りに乳房を押しつけながら、身体を前後に動かしている。

「あああっ、私も、あっ、ああああん」

感じているのは奈緒も同じようで、勇也の太腿に秘裂を押しつける力もどんどん強くなっていた。

白い肌がピンクに染まった小柄な女体が、湯気の中で淫らなダンスを見せていた。

「最高だよ、二人とも……くうう」

背中をこちらに向けた美女二人の身体が前後運動し、巨大なヒップがこちらに迫ってくるときは凄まじい迫力だ。

尻肉がプリッと開き、セピア色のアナルまではっきり姿を現すのがたまらなかった。

「あっ、やだん、あああ、変なところに擦れてる、あああ」

どうやら勇也の太腿にクリトリスが当たっている様子の奈緒が、淫らな声をあげてその巨尻をくねらせた。

「あ、はあああん、私も、あああっ、あああん」

　隣では真梨乃も同じように甲高い嬌声をあげて、背中をのけぞらせている。

　そんな中でも二人は身体を前後に揺らし、勇也の脚を洗うのをやめない。

「あああ、あああん、こんなの、あっ、勇ちゃん脚動かしたらだめ」

「ひうっ、あああっ、私、あああ、声が止まらない、ああ、自分でしてるのに」

　二人はどんどん声を大きくしながら、快感に身悶えている。

　こちらに迫りくるような二つの巨尻が横揺れし、その中央でローションに濡れたアナルのすぼまりが花の開花のように広がる。

　その淫靡な開閉に勇也もただ魅入られていた。

「あっ、勇ちゃん、あああっ、すごい、もう大きくなってる」

　二人の美女のよがりながらの奉仕と淫靡な肛肉の動きに、愚息は見事に反応し、さっき射精したばかりだというのに天を衝いて勃起していた。

　それにめざとく気がついた奈緒がうっとりとした目を向けた。

「ああ、ごめん真梨乃ちゃん、私もう我慢出来ない」

　隣の真梨乃に謝るのと同時に小柄な身体をひるがえした奈緒は、仰向けの勇也の腰のうえで大胆にがに股の体勢になる。

そしてそそり立つ怒張に向かって身体を沈めてきた。

「あっ、ああああん、これ、あああん、いい、あああ」

勇也の巨大な亀頭部が、愛液やローションにまみれてヌラヌラと光る女肉に飲み込まれていく。

同時に奈緒は悲鳴のような声をあげて、太腿を開いた身体を震わせた。

「ううっ、熱いよ、奈緒ちゃん、ううう、くうう」

狭めの膣肉が亀頭をグイグイと締めつけながら、奥に飲み込んでいく。

自分は一切動かずに彼女に任せての挿入だが、じっくりと亀頭の表面をぬめった媚肉がこすっていくたびに、脚の先まで快感が突き抜けた。

「あああっ、だって、あああん、私の中いっぱい、あっ、ああ、はあああん」

こちらも悦楽に酔いしれた顔を見せながら、奈緒は一気に腰を落とした。

肉付きのいい両脚を勇也の腰のうえでM字に開き、小柄な身体を躍動させてピストンを開始する。

「ああん、いい、あああん、勇ちゃんの、気持ちいい、ああ」

大胆に腰を前後にも動かし、奈緒は怒張に酔いしれている。

Dカップの美乳が大きくバウンドし、可愛らしい造りの顔が淫女のように歪む。

「うう、俺もいいよ、あああ、すごいよ、擦れてる」

彼女の膣奥に亀頭の先端が強く擦りつけられ、勇也も快感に溺れていく。ここまで女性主導でというのは初めてのように思う。

腰が蕩けるような快感に勇也は自分から動く気持ちも起こらず、ただ大胆にM字の身体を揺する奈緒に身を任せた。

「やあん、二人ともすごくエッチ……ねえ勇也、私も」

真梨乃も欲望に蕩けきった表情を見せながら、マットに寝る勇也の横に膝をつき、腕を握ってきた。

そしてムチムチとした太腿の付け根に勇也の手を自ら持っていく。

「あっ、勇也、あああん、私も、あああ、気持ちよくして、ああ、そこ、ああ」

指先が触れた真梨乃の媚肉も、驚くくらいに蕩けていた。

欲情した女の媚肉の熱さに驚きながら指を動かすと、くちゅりという粘っこい音と共に真梨乃の肉感的なボディがのけぞった。

「真梨乃ちゃん、ここだね」

食い絞めてくる真梨乃の媚肉の奥にまで指を突き入れてピストンする。

「ああっ、あああん、そう、あああん、そこをもっとして、ああん、あああ」

熟した膝立ちの白い身体が蛇のようにくねり、Gカップの巨乳がブルブルと波を打って揺れている。

その表情もまさに淫女そのもので、勇也の腕を強く握りしめながら、ただひたすらに快感を貪《むさぼ》っていた。

「ああああっ、いい、勇也のおチ×チン最高、あああ、もうおかしくなる、ああ」

「はあああん、勇也、あああ、ああああん、たまんない、あっ、ああ、いい」

二人の美女の激しい嬌声が湯気に煙る浴場に響き渡る。それに加えて肉と肉がぶつかる音や陰部を掻き回す粘着音も聞こえる。

目を開けばピンクに上気した肌に、ローションが濡れ光るボディがずっと揺れている。

「くうう、俺も、ううう、たまらないよ、ううう」

この世のものとは思えないくらいに淫靡な光景。全身でその淫気に浸りながら勇也も腰を震わせた。

「あああっ、ああ、勇ちゃあん、ああああん、イク、私、イッちゃう」

いちばん先に限界を叫んだのは奈緒だった。さらに身体の動きを激しくして、奈緒は怒張にM字開脚の股間を叩きつけてきた。

「うう、俺も、くううう、おおお」

怒張が根元から先端に至るまで、濡れ落ちた媚肉に絶え間なくしごかれ、勇也も限界を迎えようとしていた。

二発目だというのに肉棒の根元が何度も脈打ち、先走りのカウパーが迸《ほとばし》っていた。

「ああっ、来て、中に出してえ、ああああん、ああ、もうイク」

妖しく潤んだ瞳で勇也を見下ろしながら、奈緒は限界を叫び身を震わせた。

「あああ、イク、イクうううううう！」

最後は派手にのけぞりながら、美乳を大きく弾ませ、奈緒は天井を向いて絶叫した。

女の欲望の激しさ、それを見せつけるように全身で歓喜している。

「くうう、奈緒ちゃん、俺も、出るっ！」

イク瞬間、奈緒は奥まで亀頭を飲み込んだまま下半身を大きく前に突き出した。

膣奥の媚肉に怒張の先端がぐりっと食い込み、とんでもない快感が突き抜けていた。

「くううう、イク！」

怒張の根元が強く締めつけられ、勇也は派手に精液をぶちまけた。

奈緒はずっと避妊薬を飲んでいると言っていて、最後はいつも媚肉に包まれながらの射精となっている。

「あっ、あああああん、勇也、ああっ、激しい、ああ、私もイクっ」

勇也の指で膣肉を掻き回されていた真梨乃も背中を丸めながら、絶頂に白い身体を震わせている。

奈緒に比べたら少し地味なイキかただが、たわわな巨乳が艶《なま》めかしく波打っていた。

「あああ、あふ……ああん、すごくよかったよ……勇ちゃん」

こちらも美しいバストを揺らしながら、何度かエクスタシーの発作に悶えていた奈緒が、身体を倒して勇也に覆いかぶさってきた。

小さめの唇で勇也の頰にキスをしたあと、耳を甘嚙みしてきた。

「ああ、私もすごく興奮しちゃった。この三人でするなんて……」

真梨乃も、勇也の指が秘裂から抜き取られるのと同時に身体を倒し、奈緒が顔を寄せている反対側の頰にキスをしてきた。

美女二人の唇に自分の顔が挟まれている。勇也はここでも夢の中に漂っているような気持ちになった。

「うふふ、でも私、勇ちゃんと男と女の関係になれて幸せだよ。結婚はしないけど」

奈緒はニコニコと笑いながら、射精を終えて萎えている勇也の肉棒をしごいてきた。

「なにが幸せだよ。目的はチ×チンだけだろ。身体がもたんわ」

二発も出した肉棒は完全に力を失っている。それをまた勃たせようとするような指の動きをする奈緒は、もうセックスだけが目的のように思えた。

「うふふ、勇ちゃんなら二人ぐらい大丈夫でしょ、あ、ちょっと硬くなってきてる」

白くしなやかな指がソフトに動いて絶妙の刺激を与えてきた。愚息はそれに見事に反応し起きあがり始めている。

さすが元人妻というか、男を感じさせるテクニックを持っているようだ。

「……でも勇也って、なんだか他にも女の人がいるような気がしてるんだけど」

情けなくも快感に流されそうになったとき、奈緒の反対側に顔を寄せている真梨乃がぼそりと言った。

「えっ、な、なんのこと」

女の勘というのは恐ろしい。勇也は明らかに動揺して声をうわずらせてしまった。

「ええ、まだ女がいるの。驚いた」

奈緒も裸の身体を起こして呆然としている。

「あら、私、ただそんな気がするってだけのつもりで言ったんだけど……ほんとに他にも誰かいるの？」

勇也の様子が明らかにおかしいのを見て、真梨乃は自分の勘が当たっていると確信を持ったようだ。

「そ、そんなこと、な、ないよ」

美女二人に挟まれて幸福感に満たされていたはずの身体に寒気が走り、勇也は明らかに挙動不審になる。

自らなにかあると認めているようなものだ。

「確認なんて簡単だよ。ちょっと待ってて」

いつものように素早い動きで、奈緒は素っ裸のまま浴場を飛び出していった。

「なっ、なにを」

勇也も奈緒を追おうとするが、うしろから真梨乃に肩を押さえつけられた。

振り返ると口元は笑顔だが、目は一切笑っていなかった。

「はい、勇ちゃんのスマホ。さあロック解除して」

あっという間に戻ってきた奈緒は、手に勇也のスマホを握りしめてこちらに向かって突き出した。

第五章　4Pに昂ぶって

スマホの中身の公開はもっともプライバシーを暴露する行為だと思うが、当然ながら勇也に拒否権などあるはずもない。

通信の記録をすべてチェックされ、藍夏との、今日はどこそこで会おうとか、一緒に温泉に入ろうとかというネット上の会話を見られてしまった。

「へえー、今日は夜通しエッチねって。ふうんずいぶんと積極的な人ね」

メールなどのログを確認しながら、真梨乃はなんとも言えない顔をしていた。

「でも会社の上司をメロメロにしちゃうなんて、やるじゃん。ねえ、どんな人、私にも会わせてよ」

奈緒のほうは変なことに感心しながら、藍夏を見たいと言い出した。

「ば、ばかなこと言うなよ、無理だって」

四人で膝を突きあわせるなど考えたくもない勇也は拒否しようとするが、女二人はとても許してくれるような雰囲気ではない。

「私も会いたいな、ふふふ」

また笑いながら、目だけは醒めた顔で勇也の腕を強く摑んできた。

「はい……」

その爪を立てるような握りかたに、勇也はもう頷くしかなかった。


そんな会話をしてから三日後の日曜日。真梨乃のお店も片づく時間に、勇也は藍夏を自宅に呼んだ。

「へえ、こんな綺麗でスタイルもいい人だったんだ」

今日も颯爽と大型バイクに乗って現れた藍夏の美貌に奈緒は感心している。

実際、商店街の近くに駐車しているときも、ヘルメットを脱いだ瞬間、黒髪がこぼれ落ちた藍夏を見て通りすがりの男性連れが見とれていたほどだ。

「綺麗だなんてそんな。お二人ともすごく美人ですね……」

照れながら謙遜《けんそん》している藍夏だが、真梨乃と奈緒の顔をまじまじと見ている。

ただその目線がなんというか品定めをしているような感じだ。

もちろんだが、事前に真梨乃や奈緒と肉体関係があるというのは藍夏に話してある。

『そう、なら私も会ってみたいわ』

最初は相手が二人と聞いていてたいそう驚いていた藍夏だったが、二人が会わせて欲しいと言っていると告げると、にっこりと笑ってそう返してきた。

泣くでもなく怒るでもなく、普通のことのように言う女主任が怖かった。

「私と同じ歳なんですね。あ、お茶どうぞ」

真梨乃は馴れた感じで勇也の家のキッチンを使い藍夏にお茶を出した。

これもまた、ここは自分のテリトリーだと主張しているように思えた。

「ですね。でも真梨乃さんってすごくお若くて、私なんかよりも遥かに肌も綺麗だし」

「そんなことないですよ。もうすっかり衰えちゃって」

同じ三十三歳。二人の女性はにこやかに会話をしているが、二人の瞳の間にはバチバチと火花が飛び散っているように見えた。

「でも藍夏さんってすごくスタイルいいですよね。細いのにおっぱいも大きいし」

普段、勇也が居間として使っている二階の和室に大きめの座卓を置いて、皆でその周りに座っている。

今日はバイクなのでジーンズに革ジャンという出で立ちで、いまは上半身はかなり身体にフィットしたカットソー姿の藍夏の隣に、奈緒がにじり寄った。

「え、でも胸なら真梨乃さんのほうが遥かに」

人なつっこさを発揮している奈緒に少し引き気味な感じになりながら、藍夏はまたちらりと真梨乃を見た。

同い年の真梨乃を藍夏はかなり意識している感じがする。そして真梨乃も今日は自分のGカップの巨乳を主張するようにタイトな薄手のセーターを着ていた。

「ちょ、ちょっと奈緒ちゃん。いくらなんでも俺の上司さんにそんなこと」

勇也は座卓を挟んで彼女たちとは反対側に座っていて、腰を浮かせて注意した。

ただ声はどうにも弱々しい。女たちの水面下でのぶつかり合いに生きた心地がしなかった。

「いいよ勇也くん、今日は上司として来たんじゃないし。Fカップよ奈緒さん」

ここでもまた目で真梨乃を牽制《けんせい》しながら、藍夏ははっきりと答えた。

勇也くんという名前の部分だけ、やけに声が大きいように思えたのは気のせいだろうか。

「Fカップ！　こんなにウエスト細いのにすごい。真梨乃ちゃんもGカップだし、やっぱり勇ちゃんはおっぱい星人だよね。私のDカップなんか小さいとか思ってるんでしょ」

今日は膝丈《ひざたけ》のスカートにブラウス姿の奈緒が、自分の胸のほうを見て唇を尖らせた。

そんな彼女は、今日はスカートがやけにタイトで、ヒップの大きさや形がよく目立っていた。

「Gカップですか、すごいですね。うふふ」

「いえ、そのぶん、ウエストも太かったりしますから。藍夏さんのFカップのほうが」

真梨乃と藍夏はまたお互いを牽制するような会話をしている。

(もう誰か、俺を殺して……)

異様な雰囲気の和室から勇也は煙のように消えたいと思った。ここが自分の家でなければ、なりふりかまわずに逃げ出していたかもしれない。

「ねえ藍夏さん、私ばっかり聞いてばかりじゃ申しわけないから、なんでも言ってくださいよ。ちなみに私も真梨乃さんも、勇ちゃんと結婚するつもりはありません」

さらに自分はバツイチで結婚はもうするつもりはないから、勇也とはいわゆるセフレだと明るく語って、奈緒は藍夏を驚かせている。

「お、おい」

勇也には、いつでも他の人とセックスしていいと言っている藍夏だが、基本的にはドがつくくらいに真面目な女性だ。

セフレという言葉を聞いて、少し頬が引き攣っているように見え、勇也はさらに狼狽えた。

「セフレ……。じゃあ、なんでも聞いていいのなら、ひとつ」

そう言ってカットソー姿の女上司は皆をぐるりと見渡した。

「三人で、その……エッチをしたことってあるの？」

少し遠慮がちにしながら藍夏は呟いた。

「えっ、えええ」

すでに藍夏には真梨乃と奈緒が幼馴染みであるというのは伝えてある。

だからそれ以上の、男と女としてどんな想いでいるのかとつっこんで聞いてくるのかと思っていたら、いきなりセックスの、それも3Pの話題を振ってきて勇也は目を剝いた。

「三人でなら一回だけありますよ、ふふ、下の温泉で」

畳のほうを指差して奈緒はあっさりとそう答えた。

「三人でするって、でもどうやって？」

藍夏は身を乗り出すようにして奈緒に聞いている。勇也とセックスをするようになってから彼女は、自分を淫らに堕としていく、少しアブノーマルな行為に興奮するようになっている。

だから社内でしようと藍夏から求めて来たし、いまも目を輝かせて奈緒を見ている。

「私は勇ちゃんに跨がって、真梨乃ちゃんは手でしてもらったの」

奈緒は大胆に騎乗位で腰を振るような動きを見せたあと、股間に手を入れていじるような仕草を見せた。

「もうやだやめてよ奈緒。恥ずかしい」

さすがにこれは真梨乃も顔を赤くして止めている。ただその瞳は妖しく輝き、一気に女の色香をまき散らし始めていた。

「藍夏さんはどんな風にしたいとか、あるんですか。勇ちゃんとまだしてないエッチ」

少し羨《うらや》ましげにしているように見える藍夏に、奈緒が笑顔で言った。

「ええ、私は……その……身体の感じるところを全部、同時とか……妄想しちゃったりしてるかも」

奈緒の明るさとオープンな口調に引きずられるように、藍夏は赤らんだ顔を時折勇也に向けながら驚くことを口にした。

彼女もまた牝の発情の雰囲気を醸《かも》し出してきた。

「全部っておっぱいも、アソコもってこと……」

その藍夏の淫情に煽られるように、奈緒は妖しげな笑みを浮かべたまま、藍夏に自分の身体を寄せていく。

タイトスカートの小柄な奈緒の身体が、ジーンズにカットソーで正座をしている藍夏にまとわりつく。

もう敬語を使うのもやめた奈緒は、大胆に藍夏のFカップを揉み始めた。

「あっ、やあん、だめ、あ」

よく見たら奈緒は乳房を揉んでいるだけなく、乳首がある辺りを指先で引っ掻いている。

もちろんブラジャーは着けているのだろうが、服のうえからの愛撫に藍夏は淫らに泣き始めていた。

「うふふ、大きなおっぱい。羨《うらや》ましいわ」

正座のまま腰をくねらせている藍夏の肩に自分のあごを乗せた奈緒は、両手で激しくカットソーを大きく膨らませている巨乳を揉みしだいている。

「あっ、そんなの、ああっ、大きくても、ああっ、いいことないわ、ああ、取引先で変な目で見られたり」

けっこう激しく乳房を歪められているように思うが、藍夏は頬をピンクに染めてどんどん息を荒くしている。

「そうなの。でも見られるのもちょっと興奮したりして」

「あっ、ああ、そんなの、あああ、あああん」

とんでもない言葉を口にしながら、奈緒は揉む手にさらに力を込め、藍夏はうわずった声をあげ続ける。

「お、おい、奈緒ちゃん……」

見られて嬉しいとまで言い出した奈緒に、勇也はさすがにやばいと止めようとする。

だが勇也はそれ以上言えなかった。藍夏の表情がさらに淫らに歪んだからだ。

(ほんとに胸を見られるのが……藍夏さんは……)

なよなよと首を振りながらも否定はしない女上司は、皆に突き出した乳房を見つめられて悦《よろこ》んでいるというのか。

どんどん秘密の性癖を露《あら》わにしていく彼女に、勇也も魅入られ言葉が出なかった。

「ねえ、直接揉んでもいい？」

　勇也もまたこの異常に興奮した空気に飲まれている。口も開いたままの勇也の顔をちらりと見たあと奈緒はさらに藍夏を責めようと、彼女のカットソーの裾を少しまくった。

「ああ……うん……ああ……でも……みんなに見られてる、あっ、やあぁん」

　なんと藍夏は奈緒の言葉に素直に頷いた。そのあとためらう顔を見せたが、奈緒はそんな時間は与えないと、すぐにカットソーをまくりあげた。

　藍夏の首元までカットソーはまくられ、白いブラジャーが露わになる。奈緒は慣れた手つきでホックを外し、カップをずらして乳房を直接揉んだ。

「ああっ、やああん、あああっ、だめ、ああっ、はううん」

　もうこちらは完全に発情状態の藍夏は、されるがままに奈緒に身体を委ね、背中を断続的にのけぞらせている。

　正座していたジーンズの脚も崩れ、勇也のほうに向かってだらしなく開いていた。

「柔らかさもすごいわ。全部見ちゃうわね藍夏さん」

　この乱れきった空間の主導権を握っている奈緒は、藍夏のカットソーを脱がし、ブラも剝《は》ぎ取って彼女を上半身裸にした。

（す、すげえ）

　上半身はFカップの美しいバストや白いお腹を晒した裸。下半身はブルーのジーンズ。その姿も異様にいやらしく、勇也は座卓の上に手をついて身を乗り出していた。

「乳首もギンギンじゃない」

　奈緒は藍夏の身体を畳に押し倒しながら、乳頭に舌を這わせていく。

「あああっ、はうっ、だめ、あ、あああああん」

　女同士、感じさせかたは心得ているとばかりに奈緒は巧みに乳房を揉みながら、乳首を吸い舌で転がす。

　畳に長身の身体を横たえた藍夏は、ジーンズの脚を開いたり内股にしたりを繰り返して悶え続けている。その顔はもう完全に快感に崩壊していた。

「真梨乃ちゃん、藍夏さんの下も脱がせてあげて」

　仰向けの藍夏の上半身に横からかぶさっている体勢の奈緒が、顔を部屋の反対側に向けて言った。

　二人に見とれるがあまり意識から外れていたが、もう一人真梨乃がいるのだ。

「う……うん……」

　藍夏と同じようにジーンズ姿の真梨乃は、とくに逡巡するわけでもなく、奈緒に言われるがままに腰を浮かせた。

真梨乃の顔も頬が赤く上気し、大きな瞳もなにかに魅入られているように見えた。

「あ……やん……ああ、恥ずかしいわ」

そして完全に淫欲に溺れている様子の藍夏は、なよなよ腰をくねらせて恥じらいながらも、真梨乃にジーンズを脱がされていった。

先ほど脱がされたブラジャーとお揃いの白いパンティと、細くしなやかな両脚が晒された。

何度も見ているはずの藍夏の下半身なのに、今日は異常にいやらしく感じられた。

「私も脱ぐわ、藍夏さんだけに恥ずかしい思いはさせないよ」

絶えず藍夏の乳房を揉み、乳首を指でこねていた奈緒が身体を起こして、真梨乃のほうを見る。

「真梨乃ちゃん、藍夏さんのおっぱい、お願い」

藍夏はそう言って真梨乃と交代した。真梨乃は頷いて藍夏の巨乳をゆっくりと揉んで乳首を舌先で舐めていく。

「ああ、あああん、真梨乃さん、あああ、私、あっ、ああ」

「たくさん気持ちよくなって」

真梨乃は丁寧に乳首を舐め続けている。もう二人に先ほどのピリピリとした雰囲気はない。

その傍らで奈緒は服を脱ぎ捨ててブルーのパンティだけの姿となり、藍夏の長い両脚の間に身体を入れた。

「うふふ、なんだか湿ってるわよ」

Dカップの乳房を弾ませながら、小柄な身体を丸めた奈緒は、いたずらっぽい笑みを浮かべた顔を藍夏の股間に近づけ、指先でパンティの股布をなぞった。

「ああっ、ひあっ、あああん、あああ」

奈緒の指が触れた瞬間に藍夏の腰が跳ねあがった。それほど強い刺激ではないはずなのに身体が異様に敏感になっているようだ。

「見ちゃうわよ。藍夏さんのアソコ」

レズビアンの経験があるのかと聞きたくなるくらいに、奈緒は巧みに煽りながら、藍夏のパンティを脱がしていった。

漆黒の陰毛とピンクの秘裂が奈緒の眼前に現れる。勇也も首を伸ばして覗き込むと、女の裂け目はもうドロドロに蕩けていた。

「ここもビンビンじゃない」

「あっ、いやっ、お口で、はあああん」

奈緒は藍夏のクリトリスに吸いつき、二本指を膣口に押し込む。くちゅりという粘っこい音と共に藍夏の嬌声が響き渡った。

「藍夏さんって全部で感じたいのよね」

長身の藍夏の股間を美少女顔の奈緒が思うさま責めているその向こうで、真梨乃もいつの間にか服を脱いでパンティ一枚の姿となっていて、Gカップの巨乳を自ら持ちあげていた。

彼女は藍夏の乳頭に自分の乳首を擦りつけていった。

「ああっ、あああん、真梨乃さん、それ、ああっ、あああ」

「やあん、こうすると私も感じちゃう」

乳首と乳首が擦れ合い、藍夏と奈緒の喘ぎが淫らなハーモニーを奏《かな》でた。

(な、なんだ、この光景……)

和室の畳のうえでそれぞれ素晴らしい肉体を持つ女三人が、お互いの身体を絡み合わせている。

白い太腿が蛇のようにくねり、ボリュームのある巨乳がフルフルと波を打ったり、乳首同士が触れたりする。

目の前で行われる現実離れした淫靡な光景に、勇也はただ見とれ、無意識にズボンのうえから肉棒をしごいていた。

「やだ、私だけ気持ちよくないじゃん、もうっ、んんんん」

乳首と乳首を触れさせて喘ぎ続ける美熟女二人を見て、奈緒が不満そうに言った。

ただ彼女はそれでも藍夏の秘裂を責める手は休めておらず、ピンクのクリトリスを強く吸いあげた。

「ひっ、ひあっ、あああっ、だめっ、あああん、ああぁ」

激しい舌責めに藍夏はもう目を泳がせながら感じまくっている。乳首、クリトリス、膣内とまさにすべてを責め抜かれていた。

「そうだね、奈緒ちゃんだけ気持ちよくないのは可哀想だね」

絡み合う牝の淫情にもう勇也も我慢の限界だった。立ちあがって服をすべて脱ぎ捨てると、藍夏の脚の間で身体を丸めている奈緒のうしろに移動した。

そして迫力のある桃尻を包むブルーのパンティをぺろりとめくった。

「あっ、勇ちゃん、なにを」

突然動き出した勇也に奈緒が驚いて、顔を振り返らせた。

「ずっとお尻を振って、興奮してたんだろ。もうここもずぶ濡れじゃないか」

この乱れた空間を支配していた奈緒も実はかなり欲情していたようで、パンティを引き下ろすと、むっとするような淫臭とともに濡れそぼった膣口が現れた。

すでに口を開いているそこは、パンティに染みが出来るほど大量の愛液を漏らしていた。

「いけないオマ×コにはお仕置きしないとな」

勇也自身も彼女たちの興奮に煽られて、おかしくなっている気がする。

プリプリとした九十五センチのヒップの真ん中に見えるピンクの割れ目に、猛《たけ》りきった怒張を押し込んでいった。

「あっ、いまは、あああああん、あっ、はあああああん」

中もドロドロの媚肉があらわすように、奈緒の肉体が燃えあがっていたのは間違いなく、怒張が入ると同時に丸めていた身体が大きくのけぞった。

「あああっ、太い、あああん、あああっ、あああっ、奥う、あああ」

待ちかねていたように収縮する媚肉に引き込まれるように、怒張は一気に膣奥を捉えた。

そのまま勇也は大きく腰を使って、亀頭を最奥にピストンした。

「あっ、あああ、いやあああん、あああっ、すごいい、あああ、こんなの、ああ」

勇也の股間と豊満な奈緒の尻たぶがぶつかり、パンパンと乾いた音を立てる。

股を開いて横たわる藍夏とＧカップのバストを揺らして座る真梨乃も、さっきまで笑みを浮かべていた奈緒が一気に崩壊していく姿に呆然となっていた。

「奈緒ちゃん、中途半端は失礼だよ。藍夏さんも気持ちよくしてあげるんだ」

自分の中にこんなサディスティックな一面があったのかと驚くくらいに冷酷に言い放ち、勇也は奈緒の両手首をうしろに引き寄せた。

奈緒は正座して土下座をしているような体勢のまま、両腕を羽のようにうしろに引っ張られている。突き出されたお尻に向かい、どす黒い巨根が出入りしていた。

「ひああああん！　あああっ、あ、あああ、はい、あああああ、んんんんん」

快感にすべてを飲み込まれている様子の奈緒は、唯一自由になると言っていい頭を、開かれた藍夏の股間に押しつけるようにして、女の裂け目に舌を這わせている。

「あああん、ひうっ、あっ、あああああ、そこ激しくしたらだめえ、あああん」

奈緒の舌は藍夏のピンクのクリトリスを捉えている。藍夏も一気に感情を昂ぶらせ、畳に横たえた長い手脚をくねらせてよがり泣いていた。

「そうだ、いいぞ奈緒ちゃん」

奈緒の腕をさらに引き寄せ勇也は一気にピストンを速くした。もう加減など一切なく、濡れそぼる媚肉の奥に向かって巨根を振りたてた。

「んんんんん、んくうう、んんんん、はあああああん、んんんん、んん」

時折、耐えきれないように甘い声を漏らしながらも、奈緒は懸命に藍夏のクリトリスを吸い続けている。

むっちりとした桃尻がピストンのたびに激しく波を打っていた。

「あああっ、だめえ、あああ、私、あああっ、もうイク、イッちゃう、ああ」

古い和室の畳のうえをそれぞれの淫情に浸りきる四人の男女。いちばん最初に音《ね》をあげたのは藍夏だった。

白くしなやかな身体がのけぞり、開かれた長い脚が大きくよじれた。

「あああっ、イク、イクうううううう」

自らお尻を浮かせ仰向けの身体のうえで巨乳を踊らせて、藍夏はのぼりつめる。

染みひとつない内腿や引き締まったお腹の辺りがビクビクと痙攣を起こした。

「んんん、あああああっ、勇ちゃん、あああっ、私もイク、ひいん、イクうううっ！」

藍夏の絶頂を見届けたあとその股間から顔をあげて、奈緒も限界を叫んだ。

高校生のころからあまり変わらない幼げな顔を歪ませて、奈緒は両腕をうしろに開いたまま、全身を震わせた。

「ああっ、あああん、すごいいい、あああ、ああ、すごくイッてる、あああっ！」

激しい興奮をあらわすように奈緒は瞳をさまよわせながら、丸めた身体をビクビクと引き攣らせて果てしない絶叫を繰り返した。


(とんでもないことになった気がする)

女たちがぐったりとしている間に、勇也は逃げるように一階にある浴場に来ていた。三人だけになった女たちがどんな会話をしているのか気にはなるが、その場に居続ける勇気はなかった。

「はあー」

浴槽の縁に座って膝から下だけを湯に浸した勇也は深いため息を吐いた。

もともとの原因は流されやすい自分にあるとはいえ、なんでこんなことになるのかと頭が痛かった。

「ふふ、大丈夫?」

これからどう振る舞うべきかと悩んでも、いい考えなど浮かばない勇也のうしろにあるサッシが開いて、真梨乃が現れた。

振り返った勇也の顔を見てクスクスと笑っている。

「いいのよ、今すぐ決めなくても。みんな今はこのままでいいって、さっき話したわ」

そのままサッシを開いて真梨乃は洗い場に入ってくる。Gカップの巨乳がフルフルと揺れ、熟した肉が乗った下半身を折って膝をつき、かけ湯をしている。

「このままって……」

「みんな一緒に仲良くすればいいってことよ」

漆黒の陰毛から水滴をしたたらせながら、真梨乃は座る勇也のそばにやってきた。

「やっぱりイッてないから勃ったままなのね。いただいちゃおうかな」

奈緒をイカせた際に射精はしておらず、悩んでいるというのに収まる気配のない、すべての原因たる勇也の愚息。

真梨乃は色っぽい顔でそこを覗き込んだあと、向かい合わせに跨がってきた。

「えっ、ちょっと、いまするの？」

「そうよ、だって私は気持ちよくしてもらってないもの」

浴槽の縁に座る勇也の太腿のうえで大胆に脚を開き、真梨乃は屹立した巨根のうえにその九十センチのヒップを沈めてきた。

亀頭が膣口に触れると、愛液に濡れた媚肉にぬめりと熱さが伝わってきた。

「くうう、ううっ、仲良くしようって、結局こういう」

熟した媚肉が亀頭を包み込んでいく快感に座った身体を震わせながら、勇也は声を振り絞った。

ぬるっとした感触に身を任せていたいが、真梨乃の言いかたは遠回しだが、結局は三人で勇也の肉棒を共有しようという話になったとしか聞こえなかった。

「あっ、あああん、私の中広がってる、ああん、そうよ、あああ、だって、誰か一人が選ばれたら、あああああん、ああ」

向かい合う勇也の肩を強く摑み、真梨乃も快感の声を響かせながら、蕩けた瞳を向けてきた。

「うう、俺はチ×チンだけの人間かよ、くっ、そんなに動いたら」

セックスだけを求めているような言い草に不満を口にしたが、真梨乃が大胆に跨がった身体を上下に揺すってきて、勇也は危うくイキそうになり歯を食いしばった。

「そんなことないよ、ああ、好きよ勇也、ああん、好きだから結論が出るのが怖いの」

勇也の肩を摑みながら腰を動かす真梨乃は、切ない顔でそう言って喘ぎ続ける。

肉感的なボディが湯気の中で揺れて、かけ湯で濡れたGカップが波を打っていた。

「それは俺だって、うう」

結論を先延ばしにしたいというのは勇也も同じだ。ただ男として中途半端なままでいいのかという思いもある。

ただ女たちがそれでいいというのなら、身を任せるのも悪くないのかもしれない。

「あああっ、勇也、ああああん、いい、ああっ、ね、ねえ、私を狂わせて」

勇也が戸惑っているのを察知したのか、真梨乃はそう訴えて強く肩を握ってきた。

ずっと姉のように自分を思ってくれる真梨乃。彼女が望むのなら出来ることはすべてしてあげたい。

「わかった、思いっきりいくよ」

勇也は真梨乃の両膝の裏を抱えると、そのまま浴槽の中で立ちあがった。

アダルトビデオなどで見る、駅弁というアクロバットな体位で肉感的なボディを激しく上下に揺すった。

「あああっ、これ、あああああん、すごいい、おかしくなる、あ、あああ」

湯の中に膝まで浸して立つ勇也の首にしがみついた真梨乃は、けもののような雄叫びをあげて喘ぎ狂う。

空中に浮かんでいる彼女は全体重を怒張にぶつけている状態だ。

「あああっ、ひあああああ、あああん、いい、あああ、もうイッちゃう」

湯気の中で揺れる巨尻の真ん中に野太い肉茎が出入りし、飛び散った愛液が温泉の水面に降り注いでいる。

二つの巨乳がまるで別の意志を持ったかのように踊り狂い、股間同士がぶつかる乾いた音が響き渡った。

「俺もイクよ、おおおおお」

真梨乃の身体を持ちあげている辛さなどまったく感じず、勇也は快感に押し流されるままに肉棒を膣奥に突きたてた。

「あああ、イク、イクうううううう」

勇也の首に回した手でどうにか自分の身体を支えながら、真梨乃はうしろに頭を落とした。

黒髪がはらりと舞い、勇也に抱えられた脚もたわわなバストも波打って痙攣した。

「あああ！　あああ、ひいいいん、いい、あああ、あああっ！」

快感に浸りきって真梨乃は瞳を泳がせながら、唇を割って絶叫を繰り返した。

「俺もイクよ、ううう、出るっ」

最後の一突きとばかりに、宙に浮かんでいる真梨乃の秘裂に向けて怒張を突きたて、肉棒を爆発させた。

「ああああん、来てる、あああっ、熱い、あああ、ああああ」

精液を感じ取ってさらに歓喜する真梨乃。その蕩けきった最奥に向かって勇也も夢中で放ち続けた。

第六章　薄幸人妻の媚肉

土曜日の午後。いつもなら真梨乃の店の手伝いだが、先々週から土日だけのアルバイトが二人入ったので勇也はお役御免《ごめん》となった。

お昼を食べて少し様子を見に行ったら、忙しそうにしてはいるものの、真梨乃やその父も落ち着いてさばいているように見える。

「あいたた、背中痛い」

昨日のプレイの影響か、体を動かすたびに筋肉が痛む。ならば少し散歩でもするかと、商店街のアーケードから外の大通りに出た。

相変わらず、突然に近所に出た温泉を求めて温浴施設にはひっきりなしに車が出入りしている。

今日は冬だが暖かい陽射しが照りつけている。両腕を伸ばして背伸びすると背中や腰が痛んだ。

(昨日は夜の遅くまで奈緒ちゃんが来てたからな)

あの濃密なレズプレイまでが展開された四人での行為以降、複数でのプレイを求められることはなかった。

ただ女たちは互いに連絡を取り合っていて、勇也は毎日のように誰かとセックスをしていた。

もちろん皆、家に来てご飯を作ってくれたり、幼子のように勇也に甘えてきたりと、一人暮らしの自分にとっては幸せな部分もあるのだが、身体は辛い。

(ほんとにやりすぎて死ぬんじゃないか……俺……)

三人の中でいちばん体力もある奈緒は求めかたも激しく、昨日も巨尻を勇也の股間に激しく打ち下ろすような騎乗位で自ら怒張を貪っていた。

セックスで死ぬなんて格好悪いのはごめんだ。ただ家でじっとしていてもよけいに身体が重くなりそうなので、近所を散歩することにしたのだ。

(ん？　中町不動産の奥さん)

アーケード入口のところから大通りの歩道を歩こうとすると、通り沿いに店を構えている不動産屋の奥さんが出てきていた。

セーターにロングスカート姿の奥さんの名は雪絵《ゆきえ》と言い、雪という字がぴったりな、肌が抜けるように白い、藍夏と同じ切れ長の黒目がちな瞳をした日本的な美人だ。

（相変わらずすごいスタイル）

しかも緩めのセーターにスカート姿でも目立つくらい胸やお尻の膨らみがすごい。とくに乳房は片方が彼女の顔よりも大きな感じで、真梨乃のGカップすら軽く凌駕《りょうが》しているように見えた。

（いかん、こんなとこばかり見てるから俺は……でも大丈夫かな、顔色が悪いけど）

私生活の混乱を招いている原因のひとつは自分のスケベさだと反省し、歩き出そうとした勇也だったが、雪絵の顔色が色白を通り越して青くなっているのに気がついて、その場に立ち止まった。

顔色が悪くなるような事情が雪絵にあるのも知っていたから、なおさら心配だ。

（相変わらず帰ってきてないのかな、旦那さん）

雪絵はここの不動産屋の娘として生まれてきたわけではなく、歳の離れた夫のところに嫁《とつ》いできた身だ。

彼女自身も不動産関係の資格を持っているので、いい人が来てくれたと店を最初に開いたお舅《しゅうと》さんやお姑《しゅうとめ》さんは喜んでいたが、二人が他界してから雲行きが怪しくなった。

跡取りである雪絵の夫は、同じ市内にある支店を見ているのだが、そこの近所のスナックの女と愛人関係になってしまい、ほとんどここの本店には戻って来ていないらしい。

それでも雪絵はちゃんとこの店を維持していて、商店街の理事たちや会長も夫に苦言を呈しているそうだが、夫婦関係をきちんとする様子はないと聞いていた。

(奈緒ちゃんならボコボコに殴って離婚だろうな)

雪絵はとにかく淑《しと》やかというか大人しい女性で、自分からアクションをとることもなくじっと耐えている様子だ。

ただ時折、こうして見かけるとひどく疲れた顔をしているので心配になった。

「あ、勇也さん、こんにちは」

雪絵は店の前に賃貸などの情報を書いた紙を貼ろうとしていた。商店街を出たところで立ち止まっている勇也を見つけて挨拶してくれた。

この商店街の習慣か、幼馴染みでなくとも下の名前で呼び合っている。雪絵のような美女に微笑みかけられて下の名を呼ばれると嬉しいはずだが、彼女のあまりの元気のなさにそんな気持ちにはなれなかった。

「あ、どうもこんにちは」

雪絵は確か三十代後半だっただろうか。ただ色白の肌には染みもなく年齢よりもかなり若く見えた。

彼女の美しさに緊張してしまい、少し声をうわずらせながら勇也は頭をさげた。そして顔をあげると雪絵の姿がなかった。

「えっ、あっ、雪絵さん」

慌てて目を見開くと地面に雪絵が横たわっていた。その瞬間は見えなかったが、倒れたようだ。

「たいへんだ、救急車」

近くを歩いていた他の人たちも駆け寄ってくる。勇也は慌ててスマホを取り出して救急車を呼んだ。

病院に担ぎ込まれた雪絵はすぐに意識は取り戻した。だがそのまま入院となった。

「とくに心臓や脳にも異常はないですね。もともと冷え性なのと疲労やストレスが原因のようですね」

医師は睡眠や栄養を取ることと、そばに温泉があるのでよく身体を温めましょうと勧めてくれた。

救急車が来た音を聞いて奈緒や会長も病院に駆けつけた。もちろん雪絵の夫も来たのだが、

「病気じゃないんだから、ゆっくり休むといいよ」

と、なんだか他人ごとのような言葉を吐いてすぐに病室を出て行った。

もちろん奈緒も勇也も誰のせいで倒れたのかと怒り心頭で、それを察した会長が外で話そうと夫と出て行った。

だが戻ってきたのは会長一人で、だめだという風に首を振るのみだった。

翌日の日曜の夕方には体調もだいぶ回復したので雪絵は退院となり、勇也が車で迎えに行った。

「ごめんなさい、勇也さん。なにからなにまで」

奈緒も同行してくれて病院で彼女を乗せると、後部座席で申しわけなさそうに頭をさげた。

「なに言ってるんですか、困ったときはお互い様ですよ。僕もお世話になることもあるかもしれないし」

まだ沈んでいる様子の雪絵を励ますように勇也は力強く言う。

体調が普通でも雪絵は大人しいというか、気が弱そうなところがあるので、そこも

夫を調子に乗らせているのかもしれなかった。

「勇ちゃんちに連れて行ってあげなよ。お母さんと真梨乃ちゃんが体力がつく料理を作ってくれるし」

「えっ、俺んち？」

商店街の女性陣も雪絵のことを心配していて、昨日から真梨乃と奈緒の母が料理を仕込んでいたのは知っていたが、どうして勇也の家なのかには首をかしげた。

「だってお医者様が身体を温めなさいって言ってたんだから、勇ちゃんの家の温泉に入れてあげたらいいじゃない」

体調が悪い雪絵に日曜の混み合う温浴施設に行かせるのかと、奈緒は続けた。

「た、確かに、うん、そうだね」

ここのところ風呂絡みで淫靡なことが続いているので、つい変な風に考えてしまう自分を勇也は反省した。

勇也の家の浴場なら、一人でゆったりと身体を温めてもらえる。

「いえ、そんな、これ以上迷惑は」

控えめな雪絵は首を横に振る。だがその動きにも力がない。

「いいのよ、どうせ気楽な一人暮らしなんだから。裏口も開いてるし、これからいつでも好きに入ってね」

「どうして奈緒ちゃんが言うんだよ」

まるで自分の家のように言う奈緒に勇也が突っ込みを入れると、ようやく雪絵がくすりと笑った。


勇也の家に着いたころにはすっかり日も暮れていて、先に夕食をとってもらうことにした。

退院したばかりではあまり食欲もないだろうと、奈緒の家の新鮮な野菜をじっくりと煮込んだものを具にした雑炊《ぞうすい》が用意されていた。

勇也も一緒にいただいたが、なかなかの味で、雪絵もぺろりと全部食べていた。

「ごちそうさまでした。ほんとうにごめんなさい」

二階の居間の座卓の前で正座して雪絵は頭を深々とさげた。どこまでも申しわけなさそうな態度だが、雑炊のおかげか頰に少し赤みがさしていた。

「気にしないで。明日もいろいろ用意してるからね」

台所のほうから顔を出して真梨乃が言った。もちろん彼女も雪絵の事情は知っているので、閉店作業は父親に任せて来てくれたのだ。

「そうよ、脚も崩していいよ。そんなに気を遣わないでね」

ちゃっかり自分も雑炊を、それも二杯も平らげた奈緒が、少し出っ張った下腹を叩きながら、かしこまる雪絵に声をかけている。

「だからそれをどうして奈緒ちゃんが言うんだって」

ここが自分の家のような態度の奈緒に勇也は呆れ半分で言う。ただ彼女のおかげで明るい雰囲気になっているのはありがたい。

「えー、ここも私の家みたいなもんだしね。一昨日も一緒に寝たじゃん」

「おっ、おいっ」

なにげなしに奈緒が発した言葉に居間が凍りついた。奈緒と勇也に身体の関係があるというのは商店街の面々には秘密にしている。

雪絵は固まり、真梨乃も台所のところに立ったまま目を剝いていた。

「雪絵さんにも聞いて欲しいから言ってるんだよ。真梨乃ちゃんも勇ちゃんとしてるしね」

どうやら奈緒は無意識に口にしてしまったのではなく、わかって身体の関係のことを示唆したようだ。

ただなぜそんな行動に出たのかまったく理解が出来ない。

「えっ、ええ？　真梨乃さんもって、え」

当たり前だが、雪絵は目を白黒させて戸惑っている。奈緒と真梨乃、どちらかだけならともかく、二人ともとなれば彼女の理解が追いつかないのは当たり前だ。

「勇ちゃんのここがけっこうすごくてね。ふふ、真梨乃ちゃんなんかメロメロ」

皆が口を開いたまま閉じられない状態になる中、奈緒は四つん這いで勇也ににじり寄ると胡座座りの股間を摑んできた。

「ちょっと奈緒、メロメロってそんな、やめて」

薄手の部屋着のズボンのうえから肉棒をいきなり摑まれて勇也が叫ぶ前に、真梨乃が顔を真っ赤にして叫んだ。

「うふふ、勇ちゃんのここって、大きくて硬いんだ」

そんな真梨乃にお構いなしに奈緒は、勇也のズボンを引っ張って笑っている。

薄いズボンの股間に、勃起していなくても充分に大きいサイズの肉棒の形がくっきりと浮かんだ。

「や、やめろって、すいません雪絵さん」

さすがに勇也も慌てて腰を引いて、奈緒の手を振り払った。

「い、いえ、別に私は……」

雪絵は恥ずかしそうに顔をピンクに染めながら俯いた。ただその切れ長の瞳がちらりと勇也の股間を見ていた。

その瞬間の表情に妙に女の色香を感じて、勇也はドキリとしてしまった。

「聡《さとる》おじさんだってさ、愛人を向こうのお店に住ませて好きにしてるんでしょ。雪絵さんも我慢しないで好きにしたらいいよ。これならいつでも利用していただいてかまいませんから」

雪絵のそんな反応に奈緒も気がついたのか、意味ありげな笑みを浮かべて両手の人差し指で勇也の股間を指した。

奈緒の言う聡おじさんとは雪絵の夫のことだ。雪絵よりもかなり年上な聡を奈緒は子供のころからそう呼んでいる。

「り、利用って、いい加減にしろよ。俺はチ×チンだけの人間か。好きなように言いやがって」

これとか、利用とか言われ、勇也はさすがに腰を浮かせて文句を言った。

ただチ×チンという言葉に雪絵がさらに顔を赤くしている。人妻なのに純情なところがあるのがかえって魅力的に思えた。

「もういい加減にしなさい。雪絵さん困ってるでしょ、ごめんね」

驚いていた真梨乃もさすがに呆れたように居間に入ってきた。座卓の前に膝をつくと、そばに座る雪絵の肩に手を置いた。

「でも奈緒ちゃんが言ってることもあながち間違いじゃないのよ。聡さんだって会長やうちのお父さんが話をしても聞く耳持たないみたいだし」

「は、はい……ごめんなさい……ありがとうございます、皆さん」

真梨乃が声をかけると同時に、雪絵の瞳からボロボロと涙がこぼれ落ちた。堰《せき》を切ったように泣く美熟女の背中を真梨乃がさすっている。

勇也も今日、会長から聞かされたが、愛人か妻かいい加減にはっきりしろと、病院に聡が現れたときに言ったらしいが、はぐらかされてしまったらしい。

どうやら気持ちは愛人のほうにあるのだが、雪絵にこちらの本店の業務をして欲しいという思惑があるのではと、会長が話していた。

「でもまあ、今日はうちの温泉に入って温まっていってくださいよ。ややこしいことは明日から考えたらいいし」

嗚咽《おえつ》する雪絵の姿を見ていると、勇也も黙っていられなくなって声をかけた。

彼女は指で涙を拭いながら頷いた。

「そうね、それがいいわ。じゃあ私たちは帰ろうか、真梨乃ちゃん」

小柄な身体を立ちあがらせて、奈緒がそばにいる勇也を見下ろした。

「勇ちゃんは雪絵さんの背中を流してあげたら。まだ体調悪いから、お風呂の中で倒れちゃったりしたらたいへんだからね」

ニヤニヤと笑いながら奈緒は畳に座る勇也の肩を叩いた。勇也は驚きのあまり間抜けに口を開いたまま彼女を見あげていた。

「うん、じゃあ雪絵さん、ゆっくりと休んでね。勇也、あとはよろしく」

驚くことに真梨乃も奈緒に同調して居間を出て行こうとする。

「ま、真梨乃さんまで、ちょっ、ちょっと」

慌てて立ちあがった勇也だったが、二人は笑顔を向けたあと階段に向かっていく。

「あーでも勇ちゃん、おっぱい星人だから大丈夫かな」

「雪絵さんＩカップはあるからね。鼻血噴いて勇也のほうが倒れたりしてね」

二人はきゃっきゃっと笑いながら階段を降りていった。

（Ｉカップ……いや、違う、そんなこと考えてる場合か）

どうして真梨乃が雪絵のバストのサイズまで知っているのかと疑問に思ったが、乳房のことを考えている状況ではない。

「すいません、あの二人の言うことは気にしないでください。一人でゆっくりと入ってもらえれば……ええっ！」

そう言って振り返ったとき、雪絵はいつの間にか勇也のうしろにいた。

頬や耳を真っ赤にした彼女は白い指で勇也の服を摑んで、首を横に振った。


言葉なく勇也に一緒に入浴してくれと訴えてきた傷ついた美熟女を無下《むげ》に出来るはずもなく、ともに入浴することになった。

昨日はお風呂に入っていないからという雪絵を先に入らせ、勇也はあとから服を脱いで浴場のサッシを開いた。

(うおっ)

一応、失礼しますと声をかけて入ったのだが、温泉の中に脚を伸ばして浸かっていた雪絵は少し驚いた顔をして、持っていたタオルで前を隠した。

ただ隠す前に抜けるような色白で肉感的な身体がはっきりと見えた。水面にぷかぷかと浮かんでいたIカップのバストの迫力は凄まじかった。

「すいません。先に入ってしまって」

黒髪を頭のうしろでまとめている雪絵は、湯の中で正座をして頭をさげた。

その体勢になると水面にIカップのバストが出てきて、タオルで押さえていても横から白い柔肉がはみ出している。

水中に見える腰回りもまた、熟した女の柔らかいラインをしていて、勇也は魅入られてしまった。

「えーと、お一人で入っても大丈夫そうでしたら僕は……」

「そ、そんな……いやですか、私と入るのは」

体調にも問題がなさそうなので遠慮しようとする勇也に、雪絵は悲しそうな顔を向けてきた。

日本人形を思わせる切れ長の瞳が潤む様子を見てしまうと、勇也も悲しくなった。

「じゃ、じゃあ失礼して」

自分の家の風呂なのにこんな言い方も変だと思うが、勇也は頭をさげながら洗い場に入ってかけ湯をした。

洗い場も浴槽も広いので、雪絵との距離はあるのに、グラマスな身体が気になって仕方がなかった。

「ゆ、雪絵さんは……僕が真梨乃さんや奈緒ちゃんと関係があるのを軽蔑しないのですか」

タオルで股間は覆っているものの、愚息はもう硬くなり始めている。

ただ勇也は夫の浮気で苦しんでいる彼女は、勇也のように複数の、それも同じ商店街の女性と身体の関係があると知ってどう思っているのか、そこをどうしても聞きたかった。

「うちの夫は愛人だけを見ていて、私はただの都合よく安いお給料で使える従業員かなにかだと思っているのです。でも勇也さんは二人とも同じように愛してるから」

「えっ」

「真梨乃さんと奈緒さんの顔を見たらわかります。二人とも勇也さんと一緒にいるときにすごく幸せそうだから」

驚く勇也に真梨乃は笑顔を向けながら湯の中で立ちあがった。身体の前にあった夕オルがはらりと落ち、白い身体のすべてが露わになった。

Iカップのバストは見事な膨らみを見せ、三十代後半だというのにそれほど垂れた感じもない。

乳輪部は乳房なりに大きいが、色素が薄くて乳首も小粒だ。

「私にも勇気をください勇也さん。こんなおばさんがいやじゃなければ」

思い詰めたように薄めの唇を震わせた雪絵は、洗い場にいる勇也に向かって手を伸ばしてきた。

勇也は吸い込まれるように、白魚《しらうお》のような細い指に自分の指を重ね、浴槽の中に入っていく。

「すごく綺麗でセクシーです。いやだなんてとんでもないですよ」

ほどよく引き締まった腰回りに、下腹の辺りに少し乗った脂肪。そしてヒップのほうも大きくうしろに膨らみ、太腿もムチムチとしている。

こんなにも女のエロさを見せつける身体を前にして、断る男などいるのだろうか。

勇也は自然に彼女を抱き寄せていた。

「あん、勇也さん」

勇也の腕の中で雪絵は小さく声をあげて身を寄せてきた。肉体はグラマラスなのに意外に華奢《きゃしゃ》な肩を勇也は両腕で抱き寄せた。

「きゃ」

身体と身体が密着しＩカップの巨乳が勇也のみぞおちの辺りに押しつけられたとき、雪絵が小さな悲鳴をあげた。

洗い場からこちらに来るときに股間にあったタオルは落ちていて、剝き出しの肉棒が反り返って彼女のお腹の辺りを突いていた。

「すいません、でも雪絵さんがすごく魅力的だから」

もう勇也も彼女に対する欲望を隠すことはない。熟しきったIカップの巨乳を前に少しおかしくなっているのかもしれなかった。

「おっぱい、好きなんですか？　好きにしてくださっていいんですよ」

あくまで控えめに、そして恥ずかしげに頬を染めながら、雪絵は切れ長の瞳を向けてきた。

黒目がちの美しい瞳は、あの倒れた時の力ない感じではなく、妖しく淫らな牝の色香を見せていた。

「はい、じゃあお言葉に甘えて……」

ずっと彼女を見かけるたびに、緩めの服を着ていてもブルブルと弾む巨乳が気になっていた。

それがいま自分の目の前にある。勇也は興奮を抑えきれずに身体を屈めて、盛りあがる双乳に顔を近づけ、唇と手を同時に触れさせた。

「あっ、勇也さん、そこは、あっ、あああん」

しっとりとした透き通る白肌に触れると、指がどこまでも食い込んでいく。

そのふんわりとした柔らかさはこの世のなにものにも比較できないように思われ、勇也は夢中で揉みしだき乳首を舌で転がした。

「あっ、あああん、勇也さん、あああん、そんなエッチな揉みかた、あっ」

雪絵のほうも敏感に反応し、乳房にも負けないくらいに豊満なヒップを揺らして身をくねらせている。

「だってこのおっぱいがすごすぎて。んんん、んん」

彼女が恥じらっているのはわかっているが、勇也のほうももう止まらない。

Ｉカップの豊乳が歪むほど指を食い込ませ、その柔らかさに溺れるように無意識に谷間に顔を埋めていた。

「も、もう、勇也さん……子供みたい」

少し呆れたように笑った雪絵は、自分の胸に顔を押しつけている勇也をそっと抱きしめてきた。

勇也が少し上に目をやると、湯気の中で雪絵が微笑んでいた。切れ長の瞳が糸のように細くなった笑みは、包み込まれるような母性を感じさせた。

「柔らかくて肌もつるつるで、ずっと顔を埋めていたいですよ。もういい歳ですが」

子供でなくてもこの乳房の魔力のような感触に溺れそうだ。だが今日は彼女に元気を取り戻してもらうためにこうしているのだから、感慨《かんがい》に浸っている場合ではない。

勇也は顔はうえに向けたまま、指を雪絵の太腿の間に差し込んだ。

「あっ、ああぁん、勇也さん、あっ、だめっ、はああん」

四人の女の中でいちばん濃いのではないかと思う太い毛の草むらを掻き分けて、女の部分をまさぐりだして指を忍び込ませる。

それだけで雪絵は笑顔を一変させ、淫らな喘ぎを響かせた。

「もうすごく濡れてますよ」

雪絵の秘裂はドロドロに蕩けていて、乳房の肌以上に勇也の指に媚肉を吸いつかせてきた。

愛液にまみれている縦筋をなぞったあと、クリトリスを指でこね回していく。

「ああぁっ、そこは、だめえ、ああん、音がしてる、ああ、いやあああん、ああん」

白い肌を一気に朱に染めて雪絵はグラマラスな身体をくねらせる。

膝まで浸かっている温泉が掻き回されて水しぶきがあがり、勇也の目の前でたわわなバストが大きく横揺れした。

「ここもすごく勃起してますね」

目の前で弾む乳頭部に舌を這わせて吸いつく。もちろん下の肉芽も大きく指を動かして弾くように愛撫した。

「あっ、はあああん、そんな風に、あああっ、勇也さん、ああ、私、ああ」

色っぽい悲鳴を響かせ、雪絵は二度三度と豊満な腰回りを横に揺すったあと、へなへなと湯の中に崩れ落ちた。

「も、もう勇也さんたら……私もお返しします」

珍しく拗《す》ねたように唇を尖らせた雪絵は、自らIカップの乳房を持ちあげて、勇也の肉棒を挟んできた。

「くっ、雪絵さん、それ、ううっ、くうう」

湯の中に膝立ちになっている雪絵の正面に立つ勇也。その股間で反り返った肉棒が、白い柔肉に包まれていった。

乳房自体の柔らかさと吸いつくように滑らかな白肌に、逸物が包み込まれていき、たまらないくらいに心地いい。

「うふふ、気持ちよくなってくださいね、勇也さん」

にっこりと笑った雪絵は大きく両手を動かして、しごきあげを開始した。

その彼女の表情にはもう、疲れも迷いもないように見えた。

「ううっ、最高です、くうう、ああ」

勇也のほうはただ快感に身を任せて腰をくねらせている。温泉のお湯に濡れた白肌が男の敏感な部分を絶え間なくしごき、声を抑えることも出来ない。

あまりの甘美さに何度も腰が引き攣り、歯を食いしばって膝が折れるのを耐えているような状態だった。

「ああ、すごくヒクヒクしてます勇也さんの、んんん」

縦に揺れる巨乳の中で肉棒が脈動していると、雪絵は甘い声で言ったあと、谷間から顔を出した亀頭に舌を這わせてきた。

「くうう、はうっ、それだめです、うううっ、うう」

柔乳が竿や亀頭のエラを擦り、ピンクの舌がチロチロと尿道口の辺りを刺激する。

さすが人妻とでも言おうか、清純で大人しくても淫らな部分は持っているようだ。

「んんんん、んんんん」

あまりの気持ちよさに、亀頭の先端からはカウパーの薄液が溢れている。舌でそこを舐めている雪絵は、いやがるどころか唇を押しつけて吸ってきた。

「はっ、はううう、雪絵さん、くううう」

ストローの要領で尿道の中にある液まで吸いあげられ、勇也はむず痒さをともなった激しい快感に腰砕けになる。

情けない声をあげながら、湯の中に崩れ落ちた。

「ご、ごめんなさい。痛かったかしら」

呼吸を詰まらせてへたり込んだ勇也を、雪絵は驚いた風に見ている。

「い、いえ、その気持ちよすぎて……すごかったです」

まだ肉棒の中がジーンと痺れている感覚がある。初めて味わう尿道の快感に勇也の腰はずっと震えていた。

「ま、まあ、そうだったんですね。うふふ」

勇也からよすぎたという言葉を聞いて、雪絵はほっとしたように笑った。

ただすぐに淫靡に瞳を輝かせ、自分の唇についていた白い薄液を舌でぺろりと舐めとった。

「雪絵さん、もう我慢が出来ません。このまま入れさせてください」

まさに淫女となった清純な人妻。その変貌ぶりが勇也の牡を暴走させる。

かけ流しの源泉が流れる浴槽の中で二人は膝立ちで向かい合う状態だったのだが、勇也は目の前にある雪絵の両脚を摑んで引き寄せた。

「きゃっ、勇也さん、なにを」

いきなり脚を前に向かって引っ張られた雪絵は、とっさに背後に手をついて上半身を支えている。

勇也はムチムチと肉が乗った白い脚をさらに持ちあげると、自分の腰を彼女のヒップの下に入れて挿入を開始した。

「ああ、勇也さん、こんな格好で、やっ、あああ、だめ、あっ、ああああん」

湯の中に両腕をついて腰を浮かせ、漆黒の陰毛が生い茂る股間を見せつける体勢にされて恥じらう雪絵だが、その下に下半身を入れた勇也の逸物が挿入されていくと、すぐに頭をうしろに落として喘いだ。

「雪絵さんの中、熱いです、くう」

熟した雪絵の媚肉は中が少しざらついているだけでなく、愛液にまみれた媚肉がやけに熱を持っていた。

最高の感触と言っていい女肉の中に、勇也は一気に肉棒を押し込んだ。

「あああっ、はあああん、こんなに、あああん、大きいの、あああ」

勇也の巨根に戸惑いながらも、雪絵の肉体はしっかりと受け入れている。

背後に伸ばして身体を支えている両腕を震わせながら、甘い叫びを湯気に煙る浴場に響かせた。

「もう奥まで入りましたよ。でもこれからです」

勇也は持ちあげていた雪絵の脚から手を離すと、自分も背後に両手をついて上半身を少しうしろに倒す体勢をとった。

これで湯の中で二人、同じように腕をうしろに伸ばして身体を支えながら、股間を突きあわすという体位になった。

そのまま勇也は膝と腰を使ってピストンを開始する。

「あっ、あああん、こんな格好で、あああ、はあああん」

両脚はだらしなく開き、股間を突き出したまま雪絵は怒張のピストンを受け入れている。

温泉の水面近くでIカップの巨乳が大きく弾んで、バシャバシャと水しぶきがあがっている。

「すごくエッチですよ、雪絵さん」

こんな体位を取ったのは、雪絵のその巨乳が弾むのを正面から見たかったからだ。

思惑どおり、つきたての餅のように柔軟に形を変えて弾む二つの乳房の姿は壮観で、勇也はさらに腰に力が入った。

「あっ、あああん、だって、ああっ、激しい、ああ」

薄めの唇を半開きにし、黒目がちの瞳を虚ろにして雪絵は喘ぎ続けている。

羞恥心は失ってはいないように見えるが、身体のほうは見事に昂ぶっているようで、両腕と脚で身体を支えながら、自ら腰を浮かせて動かしていた。

「あああん、あああっ、深い、あああ、深すぎるわ、ああ、はあああん」

みぞおちの辺りから湯のうえに出ている上半身を弓なりにして、雪絵はどんどん快感に浸りきっていく。

「深いのが気持ちいいんですか？」

ピンクの乳輪を踊らせてよがる美熟女に、勇也もさらに興奮し、腰をこれでもかと突きあげた。

「ああああん、いい、はあああん、勇也さんのでいっぱいになってる感じがいいの」

丸みのある色白の頬の顔を歪ませて、雪絵はうっとりとした目線を勇也に向けて喘ぎ続ける。

Ｉカップのバストも別の意思でも持ったかのように、彼女の身体の前でいびつに形を変えながら弾み続ける。

「こんなに奥は初めてなんですか？」

乱れ狂う巨乳美熟女を真正面から堪能《たんのう》しながら、勇也はさらに力を込めて怒張をピストンする。

自分の腰のうえに彼女の巨尻を乗せて縦に揺らす。水中でなければすぐにバランスを崩すような無茶な体勢だが、なんとかなっていた。

「あああ、はあああん、そうですう、あああ、いままでで、いちばん深くて、あああ、いち……ばん……ひう、ひううううう」

水面から膝が出るくらい下半身を浮かせた雪絵は、もう視線をさまよわせている。

あまりに快感が強すぎたのか、なにかを言おうとしたが呼吸が詰まっていた。

「いちばんなんですか？」

その言いかけた言葉が気になって、勇也は肉棒の動きを少し緩くした。

「ああ……それ……あ、あ、ああ、恥ずかしい、あっ、ああ」

少しピストンが大人しくなって快感も弱くなったのか、自我を取り戻した様子の雪絵はなよなよと恥じらっている。

日本風の顔立ちの彼女が、切れ長の瞳を潤ませて首を横に振る姿はなんともいじらしかった。

「ちゃんと答えてください……でないと」

ただ勇也はどうしてもこのつつしみ深い人妻の本音を暴いてみたい。

身体ごとうしろにさげ、ピストンを緩くした肉棒も後退させた。

「あっ、いや、だめ、いかないで、あ……やあん」

頬をピンクに染めた清純な人妻は、湯の中でなりふりかまわずに自ら腰を押し出すだけでなく、四つん這いの反対のような体勢のまま肉棒を追ってきた。

太い肉茎の半分程度を、膣口をぱっくりと開いて飲み込んだピンクの秘裂と、海草のように水中で揺れる陰毛が迫ってくる姿は、海の軟体生物を思わせた。

「あああ、勇也さんのがいちばん、ううん、比べものにならないくらいに深く、私の気持ちいいところを突いてくれるのう」

もう敬語を使う余裕すらなくしているのか、巨尻を自ら浮かせている美熟女は半泣きの顔で叫んでいた。

まるでだだをこねる少女のようになった美熟女の姿が、さらに勇也の心を燃やす。

「わかりました。じゃあ僕しか突けない場所をもっと深く」

この美しい人妻のすべてを支配したい。そんな思いを抱きながら、勇也は浴槽に尻をついて座ると彼女の腰を抱き寄せる。

身も心も奪うことが彼女のためになる。勝手かもしれないがそう思っていた。

「ああ、勇也さん、ああぁ、ちょうだい、ああ、あああぁ」

湯の中に脚を伸ばして座った勇也の、股間に跨がる体勢になった雪絵は、されるがままに巨尻を沈めてくる。

源泉そのままの熱い湯の中で、怒張が再び彼女の奥深くに飲み込まれていった。

「ひっ、ひあ、これ、あああっ、奥、くううう、あああん」

体位が対面座位となり二人の股間の密着度もアップする。勇也の巨大な亀頭部が雪絵の膣奥からさらに食い込んで、子宮口まで押し込んだ。

唇を大きく割って、アップにまとめた黒髪の頭をうしろに落とした雪絵は、もう半分意識をなくしているように見えた。

「いきますよ、雪絵さん」

それでも勇也は間髪《かんはつ》入れずに抱き寄せた彼女の身体を揺すり、下から怒張をピストンした。

「あああっ、ひあああん、すごいい、ああ、いい、気持ちいい、たまらない」

もう完全にタガが外れた様子の人妻は、勇也の腰のうえで肉感的な白い身体をくねらせて快感に浸っている。

その切れ長の瞳もどこを見ているでもなく、悦楽の中をさまよっていた。

「とってもいやらしいです。最高の女です、雪絵さんは。おおおお」

乱れに乱れる美熟女を勇也も全力で突きあげる。湯の中の怒張が高速で上下動を繰り返し、水面が音を立てて波立っていた。

「あああっ、私、あああん、勇也さんに、ああ、いやらしい女にされてる、ああああん、まだ夫がいるのに」

夫のことを口にした雪絵だが肉棒に身を任せることにためらいはない顔だ。

『まだ夫が』という言葉はもう別れる決意をしたのだろうか。

「雪絵さんは僕のものです。あなたもオマ×コをこのチ×チンの形にします」

たとえいまだけの話だとしても、美しく熟した女を自分のものにしたい。そんな気持ちを込めて、勇也は膝のうえの巨尻を突きたてた。

「ひあああん、ああっ。もうなってる、ああ、勇也さんのおチ×チンの形がついてるう、あああ、もう、雪絵、もうだめえええっ！」

Iカップのバストを踊らせる人妻は淫語を叫びながら、背中を大きくのけぞらせた。

「イッてください、おおおお、僕も出します」

勇也もすべての思いを込めて、力の限りピストンした。

「ああああっ、中に来てえ、ああ、大丈夫な日だからあ、ああ、もうイクううう」

最後に中出しをねだりながら、雪絵は勇也の頭にしがみついてきた。

「はいいい、おおおおお」

巨大な双乳が顔に押しつけられ、濡れた肌が吸いついて視界を塞いだ。

その綿のような柔らかさに溺れながら勇也も頂点に向かい、本能のままに怒張を突きあげた。

「あぁっ、イク、イクイク、イクぅぅぅぅぅぅ」

最後は湯の中で勇也の腰を両脚で締めあげながら、雪絵は全身を痙攣させた。

白い肌が震えて波打ち、湯の中にある巨尻もビクビクと引き攣っていた。

「くうう、雪絵さん、イキます」

身体の崩壊につられるように雪絵の膣肉もまた激しく収縮し、愛液に濡れた粘膜を勇也の亀頭に絡みつかせてきた。

熟した人妻の絞るような媚肉の中で、怒張がさらに膨張して爆発した。

「はあああん、いい、あああっ、勇也さんの、あああっ、精子来てる」

こちらもまだエクスタシーの発作が続いているのか、雪絵は勇也の頭にしがみついたまま全身を震わせ続けている。

「あああ、私の全部、あああん、勇也さんのものにしてぇ、ああ、あああ」

その表情はすべてを吹っ切ったような、すがすがしささえ感じさせた。

第七章　ハーレム温泉旅行

勇也との熱いセックスのあと、雪絵はすぐに離婚を決意した。

夫の聡は抵抗したようだが、長期間に及ぶ不倫別居の証拠があったのと、奈緒が離婚の際にお世話になったという弁護士を紹介したことで一気に話は進んだ。

最後は会長のもう観念しろという一言で、聡も諦めて判を押した。

「あの会長、スケベなだけじゃなかったんだねえ」

離婚の際、雪絵は本店であるアーケード前の不動産屋の土地家屋、そして商売の権利なども慰謝料とともに財産分与として受け取った。

これも会長と弁護士が聡を説教してしっかりと分けさせたので、奈緒も感心していた。

不動産屋の店は中町商店街の入口横にあるのだが、アーケードの入口を挟んだ向こう側には温浴施設がある。

以前からその温泉客を見込んだ飲食チェーンから、店舗を売って欲しいと言われていたらしく、雪絵はこの機会に売却して、売却益で商店街の中の空き家に新店舗を構えた。

「勇ちゃん、カレー出来たよー」

仕事から戻って自室の居間で着替えていると、奈緒から声がかかった。

「なんで奈緒ちゃんが当たり前のように言ってんだよ」

呆れながら勇也は奈緒に答えた。もっとも奈緒は勇也の家から声をかけたのではない。

実は雪絵が購入した新店舗は勇也の家の隣だった。勇也のところと同じような店舗兼住宅だったから、移転にあたってリフォーム工事が行われたのだが、その際に雪絵は馴染みの大工さんにこっそりと頼んで、ほとんど隙間なく立つ二軒の家屋の二階に行き来できる通路を造ったのだ。

通路といっても長さは数十センチほどなので、台所同士がひとつにつながっている感覚だ。

「いいじゃん、私は雪絵さんのお家にお邪魔してるだけだし」

二軒はもともとほぼ同時に建築されたこともあり、構造も似ている。

向こうの台所に入って居間を覗くと、当たり前のように座っていた奈緒が白い歯を見せて笑った。

彼女や真梨乃は、雪絵の家を通って勇也の家にやって来ることが多くなった。

商店街の皆や彼女たちの親には、通路を作ったことは秘密にしていたので、密かに勇也の家に出入りするには、格好のカムフラージュなのだった。

「まったく」

だから雪絵の居間にはいつも誰かがいる。たまにはそれが上司である藍夏になっている場合もある。

藍夏の存在を聞いたときは雪絵はさらに驚いていたが、女が二人でも三人でも同じこと、と受け入れてくれた。

ずっと寂しい日々が続いていたから、誰かがいるのは嬉しいとも雪絵は言っていた。

「今日は私、勇ちゃんのところに泊まろうかなー」

カレーを食べながら奈緒は、同じように座卓の前でカレーを口に運んでいる勇也をちらりと見た。

「家で寝ろよ、家で」

思わずカレーを吹き出しそうになって勇也は文句を言った。

そう、女たちは代わる代わる勇也の部屋に泊まっていく。そして当然ながらただ寝るだけというわけにはいかない。

「えーケチ」

「こっちは身体がもたねえんだよ」

頬を膨らませる奈緒に勇也は即座に言い返す。毎日毎日セックスでは、さすがに仕事にも支障が出そうだ。

「ごめんなさい奈緒さん。私が昨日二回も……」

最後にカレーをよそったお皿を持ってきて自分も座った雪絵が、頬をピンクに染めながら言った。

恐ろしいのは女たちがどんどんセックスに対してオープンになっていることだ。

勇也の肉棒を共有している仲間意識か、恥じらいの強い雪絵でもこれだから、奈緒に至ってはどんな話をしているのかわかったものではなかった。

「すごいねえ、二回も？　うふふ、雪絵さんも元気になったねえ」

さっきまで膨れていたくせに奈緒はニヤニヤと雪絵を見ている。雪絵ははっと視線を逸らして俯いてしまった。

確かにこんな話が出来るくらいに雪絵は、夫との過去は振り切っている。

（いいのかな、しかし）

ただ女性四人、しかも美人でスタイルまで最高なのに、それが勇也と中途半端な関係をずっと続けていてもいいものかと思う。

だが勇也も誰か一人を選べと言われても、決断は出来ずにいた。

「こんばんは、あ、今日はカレーなのね」

そんなことを考えていると階段から真梨乃が現れた。勇也の家の裏口の鍵は施錠するようにしたが、こちらの雪絵の家の合鍵を女たち全員が持っているから同じだ。

「あ、真梨乃さんも食べますか？」

「お父さんと一緒に食べたから大丈夫」

腰をあげようとした雪絵を止めて、真梨乃も座卓の前に座った。この二人はとくに気が合うようですっかり親友のような雰囲気だ。

「それより、これ見た？」

真梨乃は回覧板のバインダーを手に持っていた。そこに止められてるコピー用紙には慰安旅行のお知らせと書いてあった。

「いえ、私はまだ」

雪絵がそう答え、奈緒と勇也も用紙を覗き込む。用紙には商店街の慰安旅行を来月行う。費用はすべて理事会が負担するなどが書かれていた。

「なにこれ、温泉って、ここにあるじゃん」

費用に関しては温泉が湧いたことで理事会にも多少のお金が入っているだろうから、無料となるのも不思議ではないが、行き先が隣県の温泉地になっていた。

「それとこれとは違うんだって。温泉に入ってお酒呑んでって、要は宴会をしたいだけなんだろうけどね」

真梨乃も少し呆れたように用紙を眺めている。そもそも彼女はお酒を呑まないので興味もわかないのだろう。

「私は行かないつもりだけど。お父さんもどうせお前が行ってもお酌させられるだけだろうって言ってるし」

雪絵がどうするのか気になって来てみたと真梨乃は言った。

「私は……勇也さんは……？」

雪絵は答えずに勇也のほうをちらりと見た。

「いやこれ平日だし、仕事あるから行けませんよ、俺は」

行くとなると有給を取って会社を休まなくてはならない。正直、商店街のおじさんたちとわざわざ休みを取ってまで行く気持ちは持てなかった。

「だよね、じゃあ私も行かないよ」

奈緒が言い、雪絵も頷いた。まあ二人も行けば、真梨乃の父が言っていたようにお酌係にされるのが落ちだから、やめたほうがいい。

「じゃあ、うふふ、私たちだけで慰安旅行しない？」

回覧板を両手で持ちあげて自分の顔を半分隠しながら、真梨乃が意味ありげに勇也のほうを見てきた。

「へっ」

その意味がわからずに勇也は、カレーのスプーンを持ったまま首をかしげた。


「で、なんでこうなるんだよ」

商店街の面々が慰安旅行に行っている日。アーケードの通りもひっそりと静まりかえっている。

そこから壁一枚隔てた、自宅一階にある浴場で風呂用のイスに今日明日と有給をとった勇也は裸で腰掛けていた。

「こんな天国みたいな状況でよく文句が言えるね」

座った勇也の腕を真横に伸ばさせ、それを跨いで股間を擦りつけている奈緒がこちらを振り返った。

腕にはボディソープが塗られていて、そのうえを巨尻がなぞるように滑っていく。

「そうよ。うふふ、こんなにたくさんの女性に同時に奉仕してもらえるなんて、幸せでしょ、勇也」

真梨乃はGカップの巨乳を勇也の背中に押しつけ、ボディソープのぬめりを利用して洗い続けている。

そう、彼女が言った私たちだけで慰安旅行とは、勇也の家に女四人で一泊二日しようという意味だったのだ。

「んんん、あふ、ああ……勇也さんの、もうカチカチです」

肉棒を担当しているのは雪絵だ。勇也の脚の間にひざまずき肉棒を大胆にしゃぶり続けている。

「だって雪絵さんが、く、くううう」

勇也と話していても、彼女は舌先で尿道口の辺りをチロチロと舐めてくる。

もう勇也の弱いところは熟知されていて、突き抜ける快感に膝が震える有様だ。

「あ、やあん、勇也くん、あっ、そこ摘まんじゃだめ」

奈緒が股を擦りつけている腕と反対側の腕を、初めて私用で有給を取ったという女上司の藍夏が、乳房で挟んでしごきあげている。

Ｆカップの柔肉で手や腕に擦られる心地よさに、つい指が勝手にピンクの乳首を摘まんでしまった。

「あっ、ああ、勇ちゃん、腕動かしたらだめだって、あっ、ああっ」

もう一方の腕も勝手に動いていたようで、奈緒がその巨尻をよじらせて悶絶している。勇也の腕が媚肉やクリトリスを擦ったようだ。

座った男の身体に四人の美女が巨乳や桃尻を密着させている。さらにはその白い手脚も勇也に絡みついていて、なんとも淫らな光景が展開されていた。

「んんんん、あふ、んんんん、んくう」

足元で雪絵がほとんど喉奥の辺りまで怒張を飲み込み、頭を大きく振りたててきた。

Ｉカップのバストが弾むほどその動きは大きく、口内の粘膜が強く亀頭を擦り、強い快感に肉棒の根元が脈打った。

「あ、あああん、勇ちゃん、あっ、あああ、私、あああ」

「あああ、勇也、あああ、おっぱいの先が、ああん、いい」

真梨乃も奈緒も勇也の身体に、感じる部分を自ら押しつけて、快感を貪っている。

「あああ、勇也くん、あああっ、乳首、ああっ、もっと」

藍夏もそれは同じで、こんな淫らなことをしていてもまだ広さに余裕がある洗い場に、美女のよがり泣きのハーモニーが響き渡った。

「ああっ、もうだめ、ああっ、勇ちゃん、もう欲しい」

最初に欲望の限界を迎えたのは奈緒だった。プリプリとしたヒップを横に揺らし、アナルが丸出しになるのも構わずに訴えてきた。

「みんなはいいの？」

四対一でセックスをさせられるというこの状況に、少し気が重かった勇也だったが、雪絵の熱が入ったフェラチオと妖艶さを感じさせる女体の絡みつきに、欲望のほうが上回った。

もういけるところまでいってやろうと開き直って、他の女たちに聞いた。

「うん……じゃあ私たちは」

真梨乃がそう言うと、雪絵も藍夏も離れていく。三人はそれぞれ浴槽の縁に腰掛けたり、今日もかけ流しの源泉が流れる湯に浸かったりした。

「じゃあそこに四つん這いになって、自慢のお尻を見せるんだ」

勇也の目の前にはいつも使っているマットが敷かれている。とろんとした目つきでそこに両手脚をついて犬のポーズを取った奈緒は言われたとおりに、九十五センチのヒップを突き出した。

「いくよ」

摑みきれない巨大な尻たぶが目の前で開き、ボディソープの泡に濡れたセピアのアナルやピンクの秘裂が露わになっている。

もう受け入れ態勢は出来ているとばかりに口を開いた、ヌメヌメと光る膣口に勇也は怒張を押し込んでいった。

「あっ、あああ、来た、あああん、ああっ、いいっ」

亀頭が沈んだ瞬間に、奈緒は四つん這いの身体をのけぞらせ、切羽詰まったような声をあげた。

彼女の歓喜に反応して、媚肉も強く絡みついて怒張を迎え入れている。

「奥までいくよ、奈緒ちゃん」

豊満な尻たぶを鷲づかみにして勇也は一気に怒張を押し込む。亀頭のエラや裏筋にぬめった粘膜が絡みついてたまらない。

「あっ、ああああん、奥、いい、あああっ、はあああん！」

小さな唇を割り開いて奈緒は絶叫を響かせる。可愛らしい顔も大きく歪み一気に快感に飲み込まれていった。

「すごい……」

牝そのものとなっている二十六歳を見て、藍夏がぼそりと呟いた。

「はあああん、あああっ、だって、だって、あああん、あああ」

藍夏の声が聞こえていた様子の奈緒だったが、恥じらいよりも快感のほうが遥かうえをいっている様子で、ひたすらによがり泣いている。

「まだまだここからだよ」

もちろん入れただけで終わりではないと、勇也は腰を強く振ってピストンを始めた。

セックスを三人の女に見られているというかなり異常な状況だが、もう麻痺《まひ》してしまっているのか、すでに怯む気持ちもなかった。

「ひん、あああっ、あああ、すごい、あっ、あああ、ああ」

四つん這いのまま背中をのけぞらせ、奈緒は息を詰まらせながら喘ぎ続ける。

小柄な身体の下でDカップの美乳がブルブルと揺れ、勇也の腰がぶつかるたびに尻肉が波を打つ。

「あああ、いい、あああああん、勇ちゃんっ、あああん、気持ちいいよう、ああっ！」

遠慮などひとかけらもなしに突かれ続ける巨根を受けとめ、奈緒は大きな瞳を虚ろにして絶叫を繰り返している。

ここまで激しくしなくてもという思いが一瞬よぎるが、勇也は止まれない。なにより彼女が激しいピストンを望んでいるように思えたからだ。

「好き、あああん、好きだよう、勇ちゃん、あああ、好き、大好き！」

快感に蕩けていくように奈緒は両腕を曲げていき、顔を横向きにマットにおろした。頬を下につけたまま、小さな唇を大きく開いて、好きだと繰り返している。

「好きなのはチ×チンだけじゃないの、くうう」

濡れそぼる媚肉に亀頭のエラや裏筋が擦れる快感に歯を食いしばりながら、勇也は言った。

ただピストンのスピードはまったく緩めていない。こうなったらバイブ代わりでもなんでもいいと開き直っていた。

「え？　私たちの中でいちばん勇也さんのことを好きなのは、奈緒さんだと思ってたんですけど」

浴槽の端のほうに座ってこちらを見ていた雪絵が、ぼそりと呟いた。勇也はそんな風に感じたことがないので意外だった。

「そうね、いちばんかどうかはわからないけど。奈緒はすごく勇也のこと好きだよ」

それに同意して真梨乃も頷いている。いちばんと認めないのは彼女の女の意地だろうか。

「ああっ、あああっ、お兄ちゃん、ああああん、手をつないで、あああ」

顔をマットに押しつけるようにして突っ伏した奈緒は、また昔の呼びかたをしながら、両手の指を握ったり開いたりしている。

勇也はその二つの手を同時に握り自分のほうへ引き寄せた。

「ひあああああ、これ、あああああ、あああん、おかしくなるっ、ああっ！」

奈緒の濡れた上半身が持ちあがり、もう悲鳴と言っていい快感の絶叫が湯気の中に響き渡った。

「そうだ、もっと感じてくれ奈緒ちゃん、ずっと突いてやる」

好きだと言われてもすぐにその思いに答えることが出来ない勇也は、申しわけない思いをぶつけるように腰を振りたてる。

腕を引き寄せたぶん、九十五センチの巨尻が勇也の腰に密着していて、怒張がさらに深く膣奥を抉っていた。

「はあああん、突いてえ、あああ、一生離さないで、ああっ、イク、お兄ちゃん、奈緒もうイク」

両腕を背中のうしろで開いたまま、奈緒は一気に頂点にのぼっていく。もう瞳は完全に宙をさまよい、なにもかもをなくしているように見えた。

「イクんだ奈緒ちゃん、くうう、俺もイクぞ、おおおお」

女たちは全員、今日のために薬を飲んでいる。勇也は力の限りに怒張を濡れた膣奥に突きたて、自分も頂点に向かった。

「あああっ、イクうううううううう」

引き寄せられている上半身をさらにのけぞらせ、奈緒はエクスタシーを極めた。

白い肌が波打ち、マットのうえで膝を折っている白い両脚がブルブルと痙攣を起こした。

「俺も、くうう、イク」

脈動が激しくなった奈緒の媚肉に包まれながら、勇也は深く突きたてて射精した。

興奮に頭まで痺れている状態での射精は、身も心も蕩けるようだ。

「ひっ、ひあっ、来てる、あああっ、出して、ああああん、お兄ちゃああん」

ショートカットの髪を振り乱して、奈緒は頭をガックリと落として悦楽に浸りきっている。

小柄な身体が何度も引き攣り、そのたびに媚肉も締まってたまらなかった。

「あ、あああ、はあ……はあん……」

ずいぶんと長く続いたように思う互いの発作がようやく収まると、奈緒はそのままへなへなとマットに崩れ落ちていく。

言葉はなにも発しないが、横に向けたその顔は満足げだ。

「はあ、はあはあ……」

射精を終えた肉棒がにゅるりと彼女の中から抜けた。激しすぎるセックスに勇也は呼吸が速くなったままだが、なぜか怒張は勃起したままだ。

精力はあるほうだとは思うが、いつもは射精したらいったん小さくなるのに、さすがに温泉の中で四人の裸の美女に囲まれるという異常な状況の中でおかしくなっているのかもしれなかった。

「はあはあ、次は……」

勇也はゆらりと立ちあがって浴槽の縁や湯の中にいる三人の女を見下ろした。

もうここまできたら自分の肉棒がだめになるまでとことんやってやろうと、気持ちが暴走していた。

「藍夏さん……ずっといじってましたよね」

真梨乃は浴槽の縁に腰掛け、雪絵と藍夏は湯の中にいる。二人は広い浴槽の反対側の端に座っているのだが、藍夏はずっと股間に手を入れてもぞもぞしていた。

「あっ、これは……ああ……」

勇也の指摘に真梨乃と雪絵も驚いた様子で振り返る。藍夏は恥ずかしそうになよなよと首を振っているが否定はしなかった。

「どこをいじっていたか、僕たちにも見せてください」

勇也は水音を立てながら浴槽を歩き、座っている藍夏のうしろに回る。

そして自分も腰をおろすと、背後から乳房を強く揉みしだいた。

「あっ、恥ずかしいから、ああっ、いや、あああん、乳首だめ、ああ」

そんなまねはとても出来ないと、長身のしなやかな身体をくねらせる藍夏だったが、Fカップの乳房を強く揉み、小さめの乳頭を摘まむと、へなへなと力が抜けた。

「ちゃんとみんなにも見せてあげましょうね」

勇也は乳房から手を離すと、仰向けのまま湯の中で藍夏のお尻をうえに持ちあげさせた。

膝を九十度にまげて腰を浮かすと、太めの陰毛が生い茂る股間が水中から現れ、その下にある秘裂までもが姿を見せた。

「ああっ、いやっ、こんな格好恥ずかしいわ、ああ」

背後に座る勇也に肩を預け、ストリッパーが股間を突き出す体勢をとらされて女のすべてを晒した藍夏は、泣きそうな声をあげている。

身体のほうも小刻みに震えているのだが、辛《つら》さからきているのではないように勇也は感じるのだ。

「ほら、さっきと同じいじりかたをするんだ」

少しきつめに勇也は目の前の彼女の耳に囁いて、身体のうえで小山のように盛りあがっている巨乳を揉みしだいた。

彼女の、いけない場所などで性行為をして自分を持ち崩したいという願望は、もともとマゾの性癖を持っているからだと思っていた。

「あっ、あああ、見ないで皆さん、あっ、あああ」

強い言葉に導かれるように藍夏は、震える指を股間に持っていく。その先が捉えたのは、草むらの中で勃起しているクリトリスだ。

「あっ、はあああん、あっ、だめえ、ああん、ああ！」

突起に触れた瞬間、藍夏は水面に持ちあげているお尻をガクガクと上下させて絶叫した。

いつもは少々きつめに感じる顔も淫らに歪み、唇の奥には白い歯が見えていた。

「ああっ、あああん、勇也くうん、ああっ、おっぱいも、ああ、してえ」

一度堰を切った欲望はもう止められないのか、藍夏は大きく指を動かし、自ら股間をさらに持ちあげながら求めてきた。

複数の性感帯の同時責めも好きなクール美女は、一気に崩壊していく。

「こうかい？」

勇也は仰向け状態になった藍夏の胸板のうえでフルフルと揺れている乳房を強く摑み、乳首を指でつぶした。

「ひいいい、あああん、そう、あああっ、たまらない、あああ」

膝を九十度に曲げて身体を支えている長い脚がさらに開いていき、ピンクの裂け目がぱっくりと開いて奥の媚肉まで丸出しだ。

その上部に白い指が這い、突起を強く弾いていた。

「あああん、ひあああ、おかしくなる、あああっ、あああ」

膣口から愛液を垂れ流しながら藍夏は悶え続ける。時折、目を開いて真梨乃たちのほうを見ているのは、他人の目を意識したほうがマゾの性感が燃えるからだろう。

「最後は僕がとどめをさしてあげる」

彼女の腕をつかんでオナニーをやめさせた勇也は、引き締まったウエストの辺りを引き寄せた。

そのまま藍夏の身体を向こう向きに膝に乗せ、背面座位で挿入を開始した。

「あああっ、ひううう、硬い、ああっ、ああああん」

もう藍夏はなにもかも振り切ったようによがり泣いている。彼女のこんな狂った姿を会社の人間が知ったら、腰を抜かすかもしれない。

「入れただけで終わりじゃないよ」

「あああん、はいいい、あああっ、突いてえぇ、ああっ、そこ、そこよおお」

肉棒が膣奥深くに入るとスレンダーな白い身体が勇也の膝のうえで跳ねあがった。

Fカップの巨乳が大きくバウンドし、温泉の湯がしぶきをあげた。

「あああ、おチ×チンが、あああああ、お腹まで来てるう、あああ」

長い脚を湯の中で開き、藍夏は肉棒の突きあげに酔いしれている。快感がもうすべてであるような表情をして、切れ長の瞳を恍惚に潤ませていた。

「あああっ、イク、藍夏、もうイッちゃう」

普段は絶対にしない自分のことを下の名前で呼んだ女上司は、形のいい熟したヒップをさらにうしろに突き出した。

濡れた媚肉に亀頭がぐりっと食い込み、勇也も快感に腰が震えた。

「いいぞ、イケ、イクんだ、おおおおお」

藍夏の膣肉も強い絡みつきを見せていて、先ほどの射精を忘れたように肉棒が昂ぶった。

勇也も全力を振り絞り、最高のスタイルを持つ女体に怒張をピストンした。

「は、はあああん、イクううううう」

勇也の肩に頭を乗せながら、藍夏はすべてを崩壊させた。勇也の膝のうえでだらしなく開いている長い脚やヒップがブルブルと痙攣を起こした。

「はっ、はうっ、あっ、あ……ああ……」

湯のうえに出ている上半身も断続的に引き攣り、巨乳を何度も弾ませたあと、藍夏は勇也に身を預けて呆然となっている。

その表情はすべて失っているような、瞳もどこか遠いところを見ていた。

(さすがに出なかったか……)

完全に力を失っている藍夏を湯の中でそのままには出来ないので、横抱きにして勇也は立ちあがった。

藍夏の勢いに煽られながら二度目の射精に向かう感覚はあったが、連発なのでイキきれなかった。

「ははあ……ああ……」

長身なのに意外なくらいに軽い藍夏の身体を、奈緒がどけてくれたマットのうえに横たえる。

彼女はまだ息を荒くしているが、唇を半開きにした表情は満足げだった。

「私、ちょっとのぼせてきたので……外に」

勇也が身体を起こして顔をあげると、雪絵が驚いた顔になって浴槽から立ちあがり、脱衣所に向かって早足で歩き出した。

藍夏と奈緒の狂ったようなイキっぷりを見て、怖くなったのかもしれない。

「雪絵さん」

慌てた様子の雪絵は身体をタオルで隠していない。激しく弾むＩカップの双乳が膝立ちの勇也の前を通過する。

そのあとはプリプリとくねる巨尻が見え、勇也は無言で立ってサッシを開いた彼女を追いかけた。

「あっ、勇也さん、あっ、だめ」

脱衣所でバスタオルを掴もうとしていた雪絵の腰を抱き寄せて、背後から無理矢理その巨乳を揉み股間に手を差し込んだ。

「ひ、ひあっ、こんな場所で、ああっ、だめです、あ、あああん」

乳房に指を食い込ませ、クリトリスを指先でこねると雪絵は拒否しながらも、色っぽい声をあげて肉付きのいい身体をくねらせる。

「だめって言っても、ここはすごく濡れてますよ」

クリトリスからさらに奥へと指を滑らせると、くちゅりと音がして愛液の粘りと熱さが伝わってきた。

媚肉もグイグイと噛みしめるような動きを見せていて、もう雪絵の肉体は昂ぶりきっているように思えた。

「だって、ああ……あああん、ああ、私もあんな風にされたら、きっととんでもない醜態を晒してしまうわ」

怖がって逃げたのは間違いないだろうが、それは肉棒を挿入されることに対してではなく、自分もおかしくなってしまうと思ったからのようだった。

「見たいです、雪絵さんのおかしくなった姿……。いや、見せてもらいます」

肉棒はいまもギンギンに硬化したまま、勇也の股間で反り返っている。

おかしくなっているのは女たちだけではない。勇也自身も完全に牡の本能が暴走しきっている。

狼狽える雪絵を強引にこちらを向かせた勇也は、目の前にある洗濯機にお尻を押しつける体勢でもたれさせた。

「脚を持ちあげますよ」

「あっ、勇也さん、だめ、あっ、こんな格好」

洗濯機に腰を預けて立つ雪絵の左膝の内側に手をかけて持ちあげる。透き通る白い肌をした、肉がたっぷりと乗った左腿が開いて、濡れた股間が晒された。

恥じらっているものの、もう逃げる様子は見せないこの元人妻の媚肉に向かって、勇也は猛りきった怒張を突きあげた。

「あああっ、ひあああん、ああっ、あああああ、奥まで、あああ」

立ったまま片脚をあげ、男根を一気に最奥にまでつっこまれた美熟女の身体が跳ねあがった。

勇也自身も多少無茶かと思う挿入だったが、さすがと言おうか、雪絵は見事に反応して受けとめている。

「中もすごく蕩けてますよ、雪絵さん」

勇也の巨根も一気に押し込めるくらいに雪絵の中は愛液にまみれきっていた。

ただ媚肉の絡みつきはかなり強めだ。エラや裏筋に濡れた粘膜が吸いつく快感に腰を震わせながら、勇也はピストンを始めた。

「だって、ああぁん、だってえ、あああん、あああ」

なよなよと首を振りながら雪絵は淫らに喘ぎ続ける。互いに立って向かい合う体勢なので、Ｉカップの巨乳が揺れるさまも間近で見られる。

上気した乳房が左右別々に弾み、ピンクの乳頭も踊っていた。

「あっ、あああああ、奥、あああ、すごいい、あああん、あああ」

そしてピストンが激しくなると、雪絵は快感に溺れていく。もう恥じらうのも忘れて勇也の肩を摑んで、洗濯機にお尻を預けた身体をよじらせている。

唇はずっと開き、美しい瞳は潤んだまま勇也を見つめていた。

「とことんいきますよ。雪絵さんが狂うくらい」

何度関係を持っても女の慎みを忘れない美熟女が、快感にすべてを奪われていく姿がたまらない。

勇也はこれでもかと力を込めて怒張をうえに向かってピストンし、目の前の驚くほど巨大なバストを片手で揉みしだいた。

「ああぁっ、すごい、ああぁん、ほんとに狂っちゃう、ああっ、ああああん」

片脚立ちのグラマラスな身体を引き攣らせながら、雪絵はただひたすらによがり泣いている。

勇也の肩を摑んだ手にもぐっと力がこもり、少し痛いくらいだった。

「見てあげますよ、雪絵さんがチ×ポに狂う姿をここで」

「あああっ、狂うの、あああ、雪絵のオマ×コ、おチ×チンに狂わされるうう！」

もう雪絵は完全に悩乱した状態で、勇也の言葉に操られるように淫語まで自ら叫び、そう広くはない脱衣所に叫び声を響かせる。

まさに牝のケダモノとなって、勇也の肉棒に身を委ねていた。

「あああっ、来る、あああ、ああ、来るわ、すごいの来ちゃう」

彼女独特の表現で雪絵は限界を口にした。頭を勇也のほうに向け切ない目で見つめてきた。

「イッてください、おおおお」

もちろん止まる理由などなく、勇也は力を込めて怒張をこれでもかと突きあげた。

ねっとりとした媚肉が押し寄せる感じの膣道に硬い亀頭部を擦りつけ、最奥にとどめとばかりに突きたてた。

「あああっ、イクうううううううううっ」

お尻は洗濯機に乗せたまま、片脚立ちの美熟女は少し背中を丸めながら頂点にのぼりつめた。

白い肌が激しく波打つくらいに全身が痙攣し、開かれた左腿も引き攣っている。

「あああん、あああ、んく、んっ」

絶頂に狂う雪絵は本能が暴走したのか、なんと勇也の肩を強く嚙んできた。

「くっ、ううっ、出る」

白い歯が食い込む強い痛みを合図に勇也も絶頂に達して、怒張を膣奥で暴発させた。

「くうう、うう、あうっ」

肩の痛みと肉棒が脈動する快感が混ざり合う不思議な感覚の中で、勇也は何度も精を放ち続けた。


「あっ、あっ、ああ……あん……うふふ、これすごい痕《あと》になってるね」

雪絵の中に二度目の射精をしたあと、さすがにぐったりと座り込んだ勇也だったが、真梨乃によって浴場に引っ張り戻された。

そしてフェラチオをされ、情けないながらもまた勃起した勇也は、湯の中に座って真梨乃と対面座位でつながっていた。

勇也はもう動かなくていいと自分で腰を動かしている彼女が、勇也の肩についた嚙み痕に触れてきた。

「やりすぎたよ、ほんとに」

先にのぼりつめた三人の女たちは二階に行って休んでいる。思い返しても奈緒に挿入したときから自分はおかしくなっていた。

息もまともに出来ないくらい追いあげられた三人を見て、反省していた。

「あん、うふふ、女を甘く見ちゃだめよ。あん、もう今頃復活して次のこと考えてるんじゃない？」

勇也の怒張を受け入れ自ら身体を揺すっている真梨乃が笑った。腰からうえは湯の外に出ているので、自在に弾むGカップが艶めかしい。

「怖いこと言わないでよ。もう限界超えてるよ」

フラフラとした感じで階段をのぼっていった三人の姿からして、もう元気になっているとは考えがたいが、復活がありえないとは言えなかった。

彼女たちと関係を持って知ったのは、女にも淫欲があり、それは勇也たち男を遥かに上回っているという事実だった。

「うふふ、がんばれ勇也、あ、あああああん」

そしてこの真梨乃も欲望に忠実なまま腰を振りたてて、向かい合う勇也の股間に自分の身体ごと擦りつけていた。

「ねえ、真梨乃ちゃんはこのままでいいの?」

感じるほどに奥が狭くなってくる真梨乃の媚肉に、勇也の怒張は二度の射精を忘れたかのように脈打っている。

真梨乃もかなり昂ぶっているように見えるので、最後の瞬間に向かう前にどうしても聞いておきたかった。

温泉が湧いてから、勇也を取り巻く環境は一気に変化し、上司や当時は人妻だった女性とも関係を持った。

ただ真梨乃はずっと前から勇也と身体を重ねていたのだ。いま彼女はどう思っているのだろうか。

「あ、あああん、ずっとこれでいいとは思わないけど……ああん、でもいまは五人でいられて幸せだし、考えるのはもう少し先にしたいかな、あっ」

時折、喘ぎながら真梨乃は笑顔を向けて言った。そして勇也がそれでいいならね、と付け加えた。

「もちろんだよ。チ×チンが持つかどうかわからないけど」

勇也はあらためて真梨乃の腰を抱き寄せると、彼女の中にある怒張を振りたてた。

湯の中で腰を使うと水面が音を立ててしぶきをあげた。

「ああっ、あああああん、嬉しい、ああん、ああっ、イク、ああ、もうイク、ああ」

真梨乃もすべてを振り切ったように快感に没頭していく。Ｇカップのバストを弾ませながら何度も背中をのけぞらせた。

そしていつもと同じように彼女がイク寸前に一呼吸いれたあと、脂肪が少しのった下腹を押して子宮を圧迫した。

「うん、ずっと真梨乃ちゃんの奥にコイツを突き続けるよ」

「あああああ、来てぇ、あああ、勇也のおチ×チンで私のオマ×コをだめにして」

あらためて絶頂に向かう態勢に入った真梨乃は、勇也の首に手を回してしがみついてきた。

「も、もうイクわ、勇也、あああああん、ああっ、イク、んんんん」

お尻が水中で踊るくらいのピストンを受けて、真梨乃は絶頂を極めた。そして先ほど雪絵にされたのとは反対の側の肩に嚙みついてきた。

「痛っ、くううう、うう」

絶頂の悲鳴をあげる代わりに真梨乃は強く歯を立てている。他の三人との関係は認めても自分がいちばんの女だとアピールしているように思える痛みだ。

そして勇也はまたしても、痛みを合図に射精した。

「くうう、んん、出る、ううっ、くううう」

絶頂と同時にギュッと締まってきた媚肉。その奥にこれでもかと勇也は大量の精を発射し続けた。


「あっ、終わったの？」

最後の一人であった真梨乃との行為を終え、Tシャツとハーフパンツという部屋着に着替えて二階に戻った勇也を、奈緒が明るく迎えてくれた。

復活という先ほどの話がうそではなかったと思うくらいに元気に見えた。

「な、なんだよその格好は」

小柄ながらにグラマラスな身体を持つ奈緒が身につけているのは、やけに透けた部分が多く下乳や乳首が透けたブルーのキャミソールと、同じ色のパンティだけだった。

パンティのシースルー生地が多く、陰毛がはっきりと見えていた。

「うふふ、これ可愛いでしょ」

奈緒は笑ってお尻を勇也のほうに向けると、自らキャミソールの裾をまくった。

九十五センチの張りの強い巨尻にTバックの紐が食い込み、白い尻たぶは完全に晒されている。

「ほら、みんなお揃い」

奈緒が手を引いて、雪絵と藍夏を連れてきた。

「おおっ」

藍夏も雪絵も、色が違うだけの透けたキャミソールとTバック姿だ。

雪絵は薄いピンク色のものでIカップのバストのところがやけに盛りあがり、裾から丸出しになった肉感的な太腿が色っぽい。

藍夏のほうは彼女の名前と同じ、濃いめの藍色のものだ。他の二人と同じように乳首や陰毛が透けているが、長身の彼女はさらに裾が短くなり、陰毛が浮かんだ股間のところが大きく覗いているのが刺激的だ。

「もう着替えてんだ」

「真梨乃ちゃんは白だよ」

遅れて階段をあがってきた、バスタオルを身体に巻いた真梨乃に、奈緒が白のパンティやキャミソールを手渡していた。

真梨乃にはその色がきっと似合うだろう。

「ちょっと待て、このあと晩ご飯があるのにどうするんだよ」

時間はいま夕方といったところだ。鑑賞用《かんしょうよう》の下着と言っていい過激な服装で、いまから晩ご飯の用意をして食べるというのか。

四人の下着美女が座卓を囲むとんでもない光景が展開されてしまう。

「まあ、このうえからエプロンでいいんじゃない。こんな感じで」

奈緒が雪絵愛用のエプロンを持ってきて、彼女に着けさせた。

「うっ」

Ｉカップのバストや漆黒の陰毛が透けた淫靡な下着。そのうえから見慣れたエプロンがかぶせられた。

肝心なところは隠されているが、ムチムチの太腿は剝き出しだし、豊満に熟したヒップも丸見えだ。

(なんだこれ……エロすぎだろ)

裸よりも淫靡に見えるその姿に、勇也は完全に魅入られて、立ち尽くしていた。

「あれ、もう硬い」

めざとく勇也の気持ちに気がついた真梨乃がバスタオル姿でしゃがんで、股間に手を伸ばしてきた。

彼女の言う通り、勇也の愚息はまた勃ちあがる気配を見せていた。

「元気だね、いまからしちゃう？」

「は、はは……せめてもう夜にして……」

奈緒の言葉に勇也は苦笑いするしかない。身体はもうくたくたなのに、またやる気になっている肉棒が少し恨めしかったが、意志で止められるものではない。

「うふふ、こんどは誰からかな。じゃあ準備運動」

真梨乃は勇也のハーフパンツとパンツを一気に引き下ろすと、半勃ちの肉棒にしゃぶりついてきた。

「あ、あうっ、夜からだって、くううう」

ほんとに死ぬまで四人に搾り取られるのではないかとびびりながらも、勇也はしばらくはこの状況に身を任せるのもいいと思うのだった。

（了）

※本作品はフィクションです。作品内に登場する
団体、人物、地域等は実在のものとは関係ありません。

湯《ゆ》けむり商店街《しょうてんがい》
〈書き下ろし長編官能小説〉
2021年12月13日初版第一刷発行

著者……………………………………………美野　晶

デザイン………………………………………小林厚二

発行人…………………………………………後藤明信
発行所……………………………………株式会社竹書房
〒102-0075　東京都千代田区三番町8–1
三番町東急ビル6F
email：info@takeshobo.co.jp
竹書房ホームページ　http://www.takeshobo.co.jp
印刷所………………………………中央精版印刷株式会社

■定価はカバーに表示してあります。
■落丁・乱丁があった場合は、furyo@takeshobo.co.jp までメールにて
お問い合わせください。